女神の足音

Hoshino Ryuichi
星野龍一

文芸社

目次

女神の足音

1　もっと近づいて

　ねえ、どうして振り向いてくれないの。小早川麻美《こばやかわあさみ》は、「さあ終わった。帰ろう」と、デスクを片づけ、帰り仕度をはじめた安田隆《やすだたかし》を眺めながら、ふいに孤独感に襲われ、胸を締めつけられた。

　このところ、彼はすこぶる元気のようである。以前とは眼の輝きがちがう。活気が全身にみなぎっている。朝の出勤も異様に早くなった。あれ、もう来てる、と思って彼のタイムカードを引き抜いてみたら、ピッタリ七時三十分の列。前より一時間以上も早く出社している。服装にしてもそう。これから暑い季節を迎えるのに、新しい柄のネクタイを三本も増やした。

　それと同時に、彼はこちらを以前と同じ、ごく普通の営業アシスタントとしてしか見てくれなくなったような気がする。前は月に一度は飲みに誘ってくれたのに。

　どうして？　何があったの？　やっぱり女の人？　どこの人？　青白い蛍光灯の下、麻美の頭に、疑問符がいくつも舞う。

いっとき、彼の心がこちらに傾きかけた気配は確かにあった。けれど、そこまでだった。積極的に残業を手伝ったり、さり気なく胸の谷間を見せたりして、自分をアピールしているのに、彼はのってくれない。

彼の周辺で、何が起きているのか。彼の本音はどこにあるのか。それを考えると夜も眠れなくなる。

ああ、それに父のことも……。

「麻美、会社が大変なんだ。孫の顔だって早く見たい」

先日の、久しぶりに父と交わした会話に気持ちが焦る。やつれたせいもあり、つぶやきを漏らしたその顔は、ずいぶん年老いて見えた。

父は年商八十億、従業員百五十人を抱える老舗家具メーカーのオーナー、小早川昭造《しょうぞう》。父の会社からすればこの会社は、取引額は少ないけれど卸先、つまり販売先のひとつでもある。就職難のさなか、ここに採用されたのもその縁故。もちろん社長のありがたい配慮もあって、このことは社内では一部の人間にしか知られていない。

昨年の春、心筋梗塞で母を突然亡くし、それに伴って父の身体の具合も悪くなって胃を切った。心労と仕事からくるストレスのせいだ。還暦を過ぎ、そろそろ人生の秋を楽しむ年齢なのに、かわいそう。早く楽をさせてあげたい。安心させてあげたい。そんなジレンマの中、わがまま言ってのひとり暮らし。いまはまかないの人に身の回りの世話を頼んでいるが、父の身体を考えれば、それも限界に近づいている。いつまでもこのまま会社勤めもしていられない。そろそろ成城の家に戻って父の世話をしてあげないと。

もしここで父まで倒れてしまったら、一体、自分や代々続いた会社はどうなるのか。悲劇だ。考えるだけで恐ろしくなる。私は一人娘なのだ。

母の死で状況が一変して、目をそむけてきた現実に向き合わねばならなくなった。漠然とした不安が、日に日にどんどんふくれあがってくる。人生を直視して、はじめて実感する危機。そう思えば、日々を無神経に過ごすわけにはいかない。たとえ恋に落ちても、その駆け引きを楽しんでいるヒマはないのだ。時間はない。

早く結婚しなきゃ。

でもいざとなると、そうそう現実は甘くない。近づいてくる男性といえば、生理的に受けつけないタイプの人であったり、到底、養子には性格も条件も向きそうもない人だったり。わがままな理想もあって、どうしても人をより好みしてしまう。

婿養子。

何をするにしても、何をしているときも常にこの三文字がつきまとう。この一番頭の痛い問題が、私の自由を奪う。

でも、お見合いは絶対いや。軽蔑してしまう。条件から入って、本当にその人を好きになれるだろうか。おかしい。自分の人生のパートナーぐらい、自分で見つけたい。

とはいえ、せっかくいい人を見つけて好きになっても、積極的に自分からアタックできない。つい二の足を踏んでしまう。早く結婚してほしい、養子になって父の会社を継いでほしい、そんな思いと条件がよぎってしまうため、どうしても後ろめたさがある。すぐに先の先を読んでしまう、そんな自分がいやになる。結婚を望んでいると言っても、結婚とは自分にとって、まだ霞んだ点描みたいなもの。現実的なイメージが伴わない。

経営者、商売人の一人娘だという立場はわかっている。だけど、まだ二十四。二十四歳よ。本当はみんなと同じ、はじけ飛んでいたい。もっと自由で、普通の恋愛をしていたい。

愛を探してつかむことは、仕事より難しいと思う。理想の人との結婚なんて、夢の夢の夢、かもしれない。

でも、計算していては何もはじめられない。心で思っているだけでは何も伝わらない。

くよくよ思いつめずに、まず一歩。焦らず一歩。いまできることを。

安田隆という人は、久々に自分から好きになって、条件も合いそうな人。彼とはこの一年、毎日そばにいて、地のままの姿を見てきた。

両手の指を交差させてあごをのせたとき、ブラインドが耳障りな金属音をたてて落ちた。現実に引き戻された麻美は、ああ疲れたと肩を回しながら近寄ってくる安田を一瞥した。

「小早川さん、がんばるね、まだ帰らないの？」

「えっ？　あっ、はい……」

「もう九時過ぎたよ。明日できる仕事なら、無理して今日やらなくてもいいから」

「……ええ、でも、あと少し。この伝票をチェックして、仕入先にメールしたら帰ります」

麻美は再び、意味があるのかどうかもわからない、手元の出荷明細書に視線を落とした。そして願った。「じゃあ待っててあげるよ、一緒に帰ろう」と言ってくれるのを。

けれど、数秒後に訪れた現実は、「そう、じゃあ今日はお先に」。ただそれだけ。言い方も、実に事務的で、そっけない。

麻美は目いっぱい、力なく「お疲れさまでした」と返し、自分の気持ちを言葉の裏面に込めた。声に出したとたん、ひとり置き去りにされて、急に心細くなった。

ああ、今日もまた、「無言のお願い」をするだけで、一日が終わってしまった。

遠ざかる安田の背中を見送った麻美は、肩で大きく息をして頭を垂れた。

2　二センチの秘密

あと二十分で三時。

壁の時計を見上げた麻美は、キーボードの指を止めて立ち上がった。

作戦開始。

いままでの自分は、変なプライドが邪魔していて、あと一歩が踏み込めなかった。彼とのこれまでのいい関係が崩れてしまうという不安もあって、大胆さが足りなかった。

けれども、

「運命にひざまずかないで。何事もあきらめたら終わり。チャンスは自分からつかみにいくものよ。待ってばかりいてはダメ。自分からつくるの……」

昨夜読んだ小説のフレーズが自分を勇気づけた。

とりあえず、日々できる小さなことからはじめないと。傷つくことを心配していては何もできない。いいと思ったら、自分からいかないと。本当の物語は目で読んでいるだけではダメだ。

麻美はチラリと安田を見てから廊下に出た。

彼はさっきから、まるで自分の存在を消したかのように、ただじっと図面とにらみ合っている。絶好のタイミングだ。歩きながら窓の外を見ると、眼下の葉桜が街に緑を湛えていた。窓ガラスのそばはひときわ暖かい。春の光の中にも、足早な初夏の訪れを感じる。いい季節。きっと外は汗ばむような陽気だろう。再び歩きだした麻美は、そんな何かを期待させる陽気につられて、先の更衣室へと急いだ。

誰も来る気配はない。さり気なく左右を見て、静かに、忍び込むようにして、中に入る。オフィスでの午後のお茶は三時からの十五分間。急いでメイクをつくり直さないと。愛を探しつかむことは仕事より難しいのだ。自分のロッカーに駆け寄った麻美は、扉を開け、内側に付いた小さな鏡に顔を映した。

まずはシャギーにすいたロングヘアーを丁寧にブラッシング。ところどころ、髪が風に吹かれたように毛先を遊ばせる。それから手早く口紅を引き直して、上からリップグロスを重ねて塗り込む。オレンジビターのジューシーな匂いは、大人の香り。パリへ行ったときに買った一番のお気に入り。

よし、できた。ピンクに濡れて、ぷるんとしたつやのある唇の出来上がり。ええっと、あとはチークブラシっと……。

口元や目元を大きく大人っぽく引き直し、一部のスキもなくメイクを終えた麻美は、棚から同型の白いパンプスを片方だけ取りだして、それに履き替えた。

右は五センチヒール。左は七センチヒール。このわずか二センチの差が、絶大な効果、「奇跡」を生む。脚の長さを数センチ変えるだけで身体の線のバランスが崩れて、腰を振った歩き方になる。これはヒップラインをセクシーに変える、魔法、なのだ。あのマリリン・モンローが後年、そのチャーミングな魅力の秘密を取材記者に明かした記事を何かの本で読んだことがある。まさか自分がこれを本当に実践するなんて思ってもみなかった。ブーツカットの白いパンツは床すれすれ。だからヒールのちがいは外から見てもわからない。別にモデルじゃあるまいし、ここまでするか、と思いながらも、反面、しなければ、とも思った。

人生はドラマの集積。そう、その楽しいドラマをつくるのは他でもない、自分なのだ。世の中、バカらしいと思えばすべてのことがバカらしく見える。バカバカしいことを真剣にやるからこそドラマは生まれるのだ。だから、これだって試してみる価値はある。

麻美は濡れた唇をちょっとなまめかしくなめると、ハッと我に返り、腕時計に目を落とした。

あと十分。トートバックから小さな紙袋を取り出して、それを花柄のハンカチにくるんだ。これでよしっと。準備はできた。さあ最後の仕上げ。ロッカーの扉を閉める間際、鏡に向かって、麻美はうつむきかげんの流し目で笑ってみた。自分ができる、最高の色っぽい笑顔。昨夜はフライトアテンダントさながら、顔面の筋肉がおかしくなるのではないかと思うほど練習をくり返した。

この顔。あえて言うなら、愛くるしい猫系の笑顔と言えるだろう……なんてね。これもよし。あとはリハーサル通りいくかどうか……。両手で頬を軽くもみほぐし、ふわっとカールした睫毛をぱたぱたさせて、瞳に力を込めた。

気合を入れて、さあ出陣だ。

麻美はそっと更衣室を出ると、給湯室の方へと駆けだした。

「安田さん、珈琲が入りましたよ」

安田のデスクに回り込んだ麻美は、かすかな甘い匂いを漂わせて、マグカップをそっと彼の前に置いた。

「ああ……うん。ちょうど飲みたいと思ってたところ。ありがと」

「安田さんはブラックでしたよね？」

手元の設計図を見つめる安田は、うん、と小さくうなずき、ろくに麻美の顔を見ることもなくカップに手を伸ばした。

「ふーん、難しそう。大変ですね」

麻美は一口すする彼の表情に注意を傾けながら、顔を近づけるようにして腰を折り、一緒になって図面をのぞき込んだ。

ちょっときついけど、今日はあえて、J&RのSサイズの綿シャツを着てきた。胸をぱつぱつに張らせるために。胸と脚にはそれなりに自信がある。これも才能のうち。自分の存在感を意識させるためには、精神的な魅力を養うこともちろんかもしれないけど、いままで以上にもっと肉体的な魅力をアピールしなくっちゃ。これがいちばん手っ取り早い方法なのだ。けれど、彼はなかなか図面から顔を上げようとしない。互いの息がかかるほどの距離、なのに。

「小早川……さん」

「えっ？　はい」

たどたどしく言った彼の眼は、カップの中に注がれている。ようやく気づいてくれた。もちろん珈琲の豆は、会社が業務用として使っているものではない。今朝、家で挽いてきたばかりの、ブルマン、である。麻美はこれ見よがしに背筋を伸ばし、胸を突き出すようにして肩を張った。

どう？　という意味を込めて、例の笑顔を浮かべてみる。

一瞬目を上げた彼は、ハッと驚いたような顔をしたけど、すぐカップに目を戻し、もうひと口すすりながら「……いつもよりうまいな」とだけ、戸惑いがちに、小さくつぶやいた。

「あら、そうですか。ちょうど私も飲みたいところでしたから」

照れてるのかな？　まあとにかく気づいてくれたんだからこれはこれで成功。満足。大切なのはここから先。

好感触を得た麻美は、安田に薄く微笑んで目を細めた。

「……それより安田さん、お仕事は順調に進んでいるみたいですね」

彼が見ている図面は、もうすぐ完成間近の、表参道に建設中のファッションビル、『クオーレ・パトラ』の三階部分。七月オープンで、うちが新規で出すリビング売場の図面だった。

半年前、「これならいい。すぐ動いてくれ」と上司が即決でゴーサインを出した異例中の異例の図面。それは彼の連日のオーバーワークが実った瞬間でもあった。あのときは自分のことのようにうれしかったことを覚えている。ここ最近、什器や照明、コーナー展開など、すべてのレイアウトを任された彼は、エネルギーのほとんどをこれに費やしている。

「いまはもう最終チェックの段階でさ」目を輝かせて、彼は口元に笑みを浮かべた。

「おしゃれな場所だから、極力、すっきりした、見やすい店にしたいんだ」

「そうですよね。ONE表参道もすぐそばにあるし」

青山という、ファッション感度の高い人たちが昼夜を問わずに行き交う街。その立地を考慮した販売戦略には細心の注意を払わなければならないのだ。

「ほんとー、すごく見やすそう」

垂れる髪をおさえ、麻美は腰をかがめて図面を眺めまわした。

「な、そうだろ。不況や住宅事情のせいもあるんだろうけど、いまの消費者は、いかにうまくモノを収納して、空間をつくるかってことを優先させるからね。昔みたいに、家中、家具をゴテゴテ並べて、『どう、立派でしょ』って財力や見栄を誇示する時代じゃないんだ」

「うん、同感。私たちだって、他人からどう見えるかってことより、よりすっきりとした広いスペースで自分がどう気持ちよく暮らせるか、ってことに関心がありますから」

彼は歯を見せてニコッと笑った。それは久々に見せる笑顔で、彼は生き生き。歌うようにして彼は続けた。

「だからインテリアを売る店だって同じなんだ。一見無駄に見える空間がところどころにあった方が、お客さんも店に入りやすいし、ライフシーンをイメージしやすい。だからモノを売るには、何もたくさん在庫を持ってあれこれ並べる必要はないんだよ。それはむしろ逆効果で、狭いところにたくさん並べても、お客さんは絵が描けないから、迷うだけだよ。買うのはそれぞれひとつずつだけなんだからね」

どちらかと言えば、普段は無口な彼。けれど時折、何かの拍子にいきなり饒舌になる。そうなると、彼は決まって、遠くを見つめるような眼になる。その瞳は澄んだ水面のように輝いて、こちらをゾクッと震わせる。引き込まれるような眼。これをされると、もう何を言われても、うん、とうなずいてしまう。

「だから高級な家具やインテリアを売ろうと思ったら、まずうちの会社みたいに、店づくりに最大の力を注がないとね。見た人が想像しやすい環境をつくることが大切なんだ。そうしないと売れるモノも売れなくなる」

「なるほど……やっぱり店づくりって科学的なんですね」

麻美は感心しながらあいづちを打った。

そういえば、父も毎回会うたびに同じようなことを言っている。ただ父の会社は、古参の社員が多いだけに、この時流になかなか乗り切れていないらしい。販売先の大部分のお店は、うちのような、いわゆるビジュアルマーチャンダイジングの手法を取り入れておらず、どちらかと言えば、まだまだ昔ながらの旧態依然とした、つまり、〝暗くて入りにくい家具屋さん〟だと聞いている。そしてまた、そこでは恐ろしいほど、時代の淘汰が進んでいるとも。父が嘆いている理由はここにある。

……やっぱり早く父の右腕になってくれる人を探さないと。それはもちろん自分自身の未来のためでもある。

「何考えてるの？　ボーッとして」

「えっ、あ、キャハハッ。何でもありません」

「あっ、それからね、小早川さん」

「はい？」

「このお店は、秋冬に向けて、七月末オープンだろ。悪いけど、最初の一週間だけ、店を手伝ってほしいんだ。現場のスタッフと一緒に。もちろん僕も店に立つから……」

「はい、了解。喜んでお手伝いさせていただきます」

「うん。頼むよ。無駄な経験なんてひとつもないからさ。既存の店舗が落ち込む分、新しい店でカバーしないとな。それに君の分も稼がないと」

麻美はその言葉がうれしかった。何か元気な力をもらったような気がした。麻美は語気を強めて言った。

「安田さん、本当にがんばってくださいね。私、リストラされちゃいますから。……だから何でもお手伝いします。何でも」

「う、うん。まぁ、とりあえずは、このうまい一杯で満足だよ。おかげで頭も目も冴えてきた」

本気なのか、それとも、冗談なのか。彼は瞳をきらりとさせた。まあどっちだっていい。とにかく、いい感じで時間が流れている。あっ、時間と言えば……。麻美は顔をさっと上げて壁の時計を見た。

いけない。もう三時半。ティータイムはとっくに過ぎている。じゃあ安田さん、お代わりはいつでも私に言ってください。そう言い残して、麻美はきびすを返すと、意識して腰を振りながらゆっくりと自分のデスクまで歩いた。モンローウォーク。これに気づいてくれるかしらと思いながら。

席に戻ると、まわりの女性アシスタントたちが、冷たい視線を無言で投げかけていた。アシスタントの席は、集中モニターの設置から、女性だけで集まった一つの島からなっている。たった三十分でもうこんなに。デスクの上を見ると、急ぎのファクスが何枚も重ねて置いてあった。早くオーダーしないと今日の出荷が間に合わない。麻美はすぐさま席についてオーダー書のチェックにかかった。

キーボードに向かって、しばらくたっても、まだ背中にいやな視線を感じる。麻美は唇をかんだ。

あなたたちの言いたいことはわかっている。うすうす感じてはいたけれど、彼女らは、私がオフィス内で、彼ときわめて個人的な時間を過ごしていることが面白くないのだ。

「犬みたいにお尻を振っちゃってさ、みっともない」

「ほんと。いやらしいわ、職場で」

そんな会話が肩ごしに聞こえてくるようである。

女って生き物は、実にささいな変化に敏感で、結構同性に対しては厳しく見ているのだ。もちろん自分だって、できれば社内でこんなミエミエなことはしたくない。真剣になればなるほどこんな真似はしたくない。恥だとも思う。でもいまやらなければならないのは、自分自身を見せること。そう、どんな犠牲を払っても、彼に自分の心を素直に見せること。表情、動作、姿勢、装い。身体言語を駆使して気持ちを伝え、彼の心に刻まれるよう、自分の見せ方を工夫する、それなのだ。

だから仕方ないじゃない。ほっといてよ。

何がまともで、何がまともでないか判然としない世の中だ。自分が思ったことをやる。後悔したくない。私はあなたたちとちがう。あなたたちみたいに、ただじっと座って待ってるだけでそれなりの人が来てくれるなんて、そんな悠長に構えている場合じゃないんだから。見透かされたっていいじゃない。大きなお世話、恥に耐えるにもたいへんな勇気がいるのよ。

目的や目標がちゃんとある人間は、モチベーションも高くて、ポジティブなんだ。そう思うと別に反論する気も起こらないし、勇気も湧いてくる。彼女たちの目なんて無視すればいい。気にすることはない。気にすること自体が負けなんだ。ちゃんとアシスタントとしての責務は果たしている。まわりに気をつかってる場合じゃない。笑われてもいい。ここはぐっと我慢だ。

とは言っても正直な気持ち、内心はかなり動揺していたのは事実で、案の定、日に日に彼女らとの間に温度差が生じはじめた。心理的な距離がひらいて、どんどん孤立していくのがわかる。彼女らからちょくちょくあった合コンの誘いも、まったくなくなった。

いいのよ別に。もう飽きたから。彼氏程度ならともかく、酔って、騒いで、わいわいやって、ギラついた人たちの中から、結婚相手なんて見つかるわけがない。そんな軽い遊び相手と一緒にいたって虚しくなるだけだ。もともと自分は、人づき合いが苦手な方で、女友達にしたって多くない。でもそんなもの、下手だってかまわない。疲れる。しょせん、彼女たちとは、ただの仕事仲間。会社が都合よく集めただけの人たちで、本音でつき合える関係ではない。もう、うまくやっていこうなんて思わなくなった。彼女らの視線や陰口なんてぜんぜん気にならなくなった。自分に素直になって、思うように振る舞っていた方が、結局はラク。人目なんてどうでもいい。軽蔑されたっていい。

でも、チャンスはつぶしたくない。心底、そう思うようになった。

3　プライベート麻美

深夜になって降りだした雨。鬱陶《うっとう》しい季節に入った。

最終電車に乗り遅れた麻美は、玉川通りを走るタクシーの中で、肌にはりつく、じめじめとしたワンピースを不快に感じながらも、ひとまず、ほっとため息をついた。

月末はつらい。売上の伝票打ちと、仕入のチェック。そして最後はいちばんキツい棚卸しの手伝いがあって、残業の山、てんこ盛り。でも、毎月そんな大きな山を乗り越えることができるのも、やっぱりあの人のおかげ。それにようやく最近、彼のペースに合わせて仕事がこなせるようにもなってきた。

明日は土曜日。やっと休み。今週は本当に長かった。明日は出なくてもいいよう、ぎりぎりまで自分を追い込んだ。

それにしても、インテリア販売の営業アシスタントになってみて三年。この職務は想像以上に激務だということを痛感する。

窓を少し開けると、濡れたアスファルトに響く心地よい雨音が、束の間もの思いにふけさせる。

彼に対する見方が大きく変わったきっかけは、あのふたつの事件から……。

あれは昨年四月、いまの五部二課に異動した矢先のことだった。いきなり大ミスをやらかして、目もくらみそうだった。

あの日も今日のような、息つく間もない忙しさで、何を勘違いしたのか、仕入原価をそのまま記入して広告会社へファクスしてしまったのだ。締め切りも間近で、いったん手元を離れた文書は、自動的に印刷会社へ。悪いことに、彼はミラノへ出張中で、最悪のタイミングだった。ミスが判明したのは月も変わった翌週になってから。あの人はすぐに飛んでいったけれど、もう遅かった。店頭小売価格は、当然その単価で進んでいて、カタログや雑誌の印刷は既に終わってしまっていた。ああ、どうしよう。やっちゃった。でもどうしようもなかった。

彼が苦労して海外で探してきた、ゴブラン織りのソファー、三十セット。ファクス一枚の代償は、あまりにも大きかった。

結局、会社は仕方なく、それを仕入原価のスルーで販売しなければいけなくなって、予定していた粗利益、一八〇〇万円あまりが吹っ飛んでしまった。

怒られる。どうしよう。どう責任をとろう……。けれど、彼はとり返しのつかないことをしてしまった私に、決して怒鳴ったりはしなかった。それどころか、むしろやさしい口調で、こう言ってのけた。

「ミスはあるよ。人のやることだから。まぁ、すぐ慣れるって。穴埋めは僕がぼちぼちしていくから」

胸が熱くなった。

「課の会議で、あいつ、かなり上から言われてたよ、あの件で。だけど、協賛だとか、苦しい言い訳して、事の真相や、君の名前は最後まで出さなかった」

あとから同じ課の営業、山田さんに、そう耳打ちされた。

それから、こんなこともあった。

家具の産地、福岡の大川へ彼の仕入れに同行した際、朝、品川駅で「遅れてごめんなさい。途中、タクシーに乗り換えたら、逆に渋滞に巻き込まれちゃって……」と、つい幼稚なウソをついてしまったことがある。そのせいで新幹線を一本遅らせる羽目になり、結局、先方との約束の時間には三十分以上も遅れてしまった。

本当は、ただ少し寝坊して、なかなか巻髪のセットが決まらなかっただけ。「内巻き」に気合いを入れすぎた。

朝のあの時間、あの道は、渋滞なんてするはずない。それを知っているはずなのに、それでも彼は会うなり、「ああ、そう」と、私の髪にじっと眼をやりながらも軽く受け流してくれた。モロバレのウソをついたことに、車中でも、内心ドキドキしっぱなしだった。

彼はいつもそうだ。「起こってしまったことは、ぐちぐち言ってもしょうがない」、のひと言で済ませてくれる。

どんなミスをしても深く追及してこない彼を見て、じっと受け止める力のある人だな、と思った。これから彼のためにがんばろうとも思った。

その頃からだ。彼を異性として、意識して見るようになったのは。一緒にいると、不思議な高揚感に包まれる。彼、結構いいかも、夢は意外と近いところにあるのかも、と少し本気になってきて、彼の名前を呼んでみるだけでもうれしくなってきた。彼女はいるのかな、と真剣に思いはじめ、だんだん彼を好きになっていった。

彼はもちろん独身。自分より四つ上の二十八。歳のわりに童顔で、二枚目半ぐらいの、少し少年の面影を残したような顔。特徴ある愛らしい小さな唇。色白で睫毛が長いのが印象的。キビキビした動作で、一見ツンとすましした冷たそうなタイプに見えるけど、たまに笑うと、かわいい小さなえくぼができる。そこがまたいい。髪も短めでつややか。爪はいつもきれいにしている。ヘアスタイルや指先には、日常の生活習慣が見える。

とは言っても、自分のことについてはあまり語りたがらない無口な彼だけに、実はまだ彼の個人的なことは、ほとんど知らないのが現状なのだ。

車は駒沢公園を抜けた。ようやくマンションだ。次の路地を右に曲がってください、とドライバーに告げた。

汗ばんだ身体にべたつく服が、また苦痛に感じられてきた。早くシャワーを浴びたい。もうその一心になった。

あ、ここで止めてください。

無愛想なドライバーに料金を払いながら、雨粒で濡れたガラス越しに、マンションを見上げた。

四階建ての、低層分譲マンション。３ＬＤＫの角部屋。もともとは父が資産運用のために五年前に購入したもの。就職が決まったとき、ここに住みなさいと父が言ってくれて、いまだけ使わせてもらっている。

まだ生きていた頃の母は、週末になるとよく訪ねてきたものだった。バルコニーの奥に見えるイエローのカーテンが柔らかく浮き上がっていて、玄関を開けると決まって、「おかえり。今日も遅かったね」と心配そうに出迎えてくれた。でも、もうくたくたで、話をするのも億劫。早くひとりになりたい。あのときはいつもそう思っていた。

「ねえ、麻美、どうして毎日こんなに遅いの？　いくら何でもちょっとひどすぎやしない、あなたの会社。こんな時間まで若い娘を働かせて……もう夜中の一時を過ぎているじゃない」

と母が言う。子供じゃあるまいし、そんな母の言葉には、結構いらついていた。

「別に会社のせいじゃないよ。私が望んでやっていることなの。いまは異動になったばかりでいろいろ覚えることがいっぱいあるのよ。大変な時期なの。じきに慣れるから心配しないで」

「もう辞めたら？　そんな仕事。どこまでやってもキリがないでしょ。早くいい人見つけて、お父さんのことも考えてあげないと」

子供ができにくい身体だった母は、四度の流産をくり返したという。不妊治療のすえ、子宝に恵まれなかった夫婦の間に、ようやく生まれた女の子。大切にしてくれる気持ちはよくわかる。気づかってくれる母の気持ちはありがたい。でもそれがいつも心の負担だった。くり返される同じ会話に、あのときはつき合いたくはなかった。

ああ、帰らざる、母との懐かしい日々……。もっと母と向き合っていろいろ話をしておくべきだった。

重くて立派な玄関の扉を開ける。パッとついたライトが、長い廊下を照らしだす。

真っ先に寝室へ行き、ワンピースを脱ぎ捨てた麻美は、突き当たりのバスルームへと向かった。

ブラとショーツを脱いで、久しぶりにヘルスメーターの上に両足をのせてみる。

五十キロちょうど……変化はない。よかった。でも当たり前か。これだけ毎日心身を酷使しているのだ。肥るはずがない、とひとりつぶやく。

シャワーノズルをいっぱいに回して、べたつく身体に思いっきり熱めの湯を浴びせかける。そのあとハーブ入りのボディーソープをくまなく全身にすり込んで、そのまま浴槽につかる。ジャグジータイムを二十分にセット。わき上がる香りを嗅ぎながら泡にまみれるのは至福のひととき。溜まったストレスが肌からしみ出して、泡となって消えていく。

それから半身浴で湯につかり、毎日、恋愛小説を十五ページほど。情けない話、いまはこれが唯一の楽しみとなってしまった。つまり、空想の産物の中に逃げ込んでいるだけなのだ。要は単純な女。それでも五分もすると、ついその世界に入り込んでしまう。

「彼と肩を並べて歩いている自分の姿を見たくはないの？　イエスなら、早速実行しないと……」

　バスローブをまとって、ベッドに腰を下ろしたとき、脱ぎ捨てたままのワンピースが、シーツの上で塊になっていた。

　ピッタリと身体に沿って、Ｖ字に鋭く切れ込んだ胸元が、ちょっとエロティックなデザインだ。

　よくしわを伸ばしてハンガーにかけていると、また彼のことを思い出した。

「小早川さん、それ、女らしくて、素敵じゃない。……でも、なんか透けてるようで、見てるとドキドキするよ」

　去年の初夏、このサックスブルーのワンピースを初めて会社に着ていったとき、彼は朝、会うなり珍しく冗談まじりでそう褒めてくれた。

　今年は今日、はじめてこれを会社へ着ていった。彼はあの日を覚えているだろうかと思いながら。

でも彼は今朝、あいさつしてもサッと身体に目を通しただけで、ちゃんと見てくれなかった。何も言ってくれなかった。それからは一日中デスクに頭を落とし、終始無言。あのときの眼が、単に女の子のファッションセンスを見る眼、だったのか、それとも、少しは私自身に関心を持つ眼、だったのか、よくわからなかった。

どうやったら彼の心を惹きつけることができるのだろう。どうしたら彼を感激させることができるのだろう。


バスローブは、噴き出す汗を、もう十分吸いとっていた。

軽い睡魔に誘われる。でも今夜はボディーラインのチェックをしないと。ここしばらくやってない。最近は新しいお店の開店準備が忙しくて、これすらやる余裕がなかった。

麻美はベッドから立ち上がり、ライトを間接照明に切りかえて、部屋の中を琥珀色に染め変えた。腰帯を解き、肩からバスローブを滑らせる。

百六十五、八十七、六十、八十五……の、オールヌード。

クリムトの描いた裸婦画『ヌーダ・ヴェリタス』になったつもりで、クローゼットにはめ込まれた鏡の前に立つ。以前、念願のウィーンへ旅行したとき、その彼女の美しさのあまり、絵の前で三十分以上も立ち尽くして心酔した。

彼女は、私にとっての美神。彼女の前に立った瞬間、溢れるような美しい旋律を覚えた。

美の粒子をまとい、哀愁に満ちた、身体。

いまにもささやきかけてきそうな、唇。

彼女の瞳の中にある世界。キャンバスの中から、彼女に見られている、という不思議な感覚に陥って、時が止まった永遠の中で、聞こえるはずのない彼女の息遣いに、耳を傾けた。

女にはいくつもの顔、自分、があるのだと思う。

自分も他人も知っている自分、もあれば、自分だけが知っている自分、もある。

ときには、自分でも知らなかった自分、と出会うことだってある。

私の心がどんな人間であろうと、現実の自分、を形づくっているものは、この肉体、ひとつ。

この肉体こそが、唯一、私をデザインし、目に見える自分という存在を形づくっている。であるなら、ただひとつしかないこの身体で、自分、というものを表現していかなければならない。そしてこれからも、ずっと愛してつき合っていかねばならない。

麻美は鏡に彼女の姿を投影し、裸身を、一枚の絵でも鑑賞するように見つめた。

女の美は、人に見せるためだけにあるのではない。女自身のために、それは存在している。いつまで待っても、鏡に映る裸身は何も語ってこない。けれどそれは、偽りない、いまの私、であり、彼女、でもある。私のために、彼女のために、この身体は存在している。

あごのラインから首筋、肩の丸み……バスト、ウエスト、そして脚線へと、ゆっくり視線を下げて、裸体の細部に目をこらす。ボディを艶やかに保つことには余念がない。

……目立った変化は、特に……なさそうだ。

ただちょっと、ひざの関節が気になるか……わずかだけど、隙間ができている。もっとひざをすり合わせるようにしてウォーキングしないと……。気をつけなきゃ。

今度は横向きになって、身体の側面を映してみる。

バストは、美しい丘の流線を描いて隆起している。つんと上を向く、さくら色の乳首は、自分でも気に入っている。

そして最後、おへそのまわりと小尻のチェック。ここがいちばん気になる場所。余分な膨らみがないか、じっくり見る。おなかをさすったり、つまんだりして、脂肪のつき具合を確かめる。そして、後ろに手を回して、ヒップの張りや弾力も。どんなファッションをするにしたって、ヒップを高い位置でキープできないと、サマにならないし、キマらない。他人は口に出さなくても、大目には見てくれないものだ。

肌を見せる季節。また暑い夏がやってくる……もう一キロぐらい、絞ろうか。

ここはマイルーム。心も体も自由。誰にも気兼ねすることはない。身体の奥底にゆらぐ、抑えきれない衝動を優先できる。

けだるさと、恍惚。身体が熱い。

黄昏時のような空間に包まれ、裸のまま、ぼんやりとたたずむ。イマジネーションは、日々の苦悩を癒やしてくれる、唯一、奇跡の世界。裸体を見つめていると、次第に意識のチャンネルが、切りかわる。

こうなると、もう止まらなくなる。ゆっくりと意識の表層に上ってくる、本能からの誘い……断れない。

過去の悦び……かつて愛し合った男たちが……

肉体に擦り込まれた、性の記憶、の断片が、浮かんでは沈んで、次々と鮮明に、フラッシュバックのように発光をくり返す。堰を切ったように流れ出した熱い血に、再び裸身が発熱を起こす。

暗赤に溶け入る裸身の背後に
忍び寄る
もうひとつの
大きな影
ゆっくりと
後ろから
両肩をつかまれた
ああ……
うなじをはいまわす唇に
心が落ちる
両腕を上げて
後ろにある髪をつかんだ
ゆっくりと伸びた手のひらが
熟した白いふたつの果実を覆った

隠微なうずき……
かすかな喘ぎ……
息が詰まるような
長い口づけ
舌で
鼻で
耳で
感じあう
汗を求めあい
皮膚の潤いを確かめ
奪いあうようにして
唾液を交わしあった
荒くなる呼吸……
そして
唇に

潤った先端が当たる
舌が
濡れたスリットに当たる
……ああ
互いがもつ
すべての甘い樹液を
蝶のように
熱い愛撫で
すすりあう
折り重なりあって
羽根を休めたあとに
訪れた時間は
いつだって美しい

……美しかった

過去と同化して、しびれにも似た快感に身を委ねていた麻美は、ようやく夢想から戻った。

肩で大きく息をし、呼吸を整えて額の汗をぬぐった。

喉が渇く。ボルヴィックのボトルをそのままくわえて、鏡をスライドさせる。

ウォーク・イン・クローゼットから、シルクサテンの薄い水色のキャミソールとショーツのセットを取り出して身につける。

はぁー。

午前二時。ようやく一日が終わる。もうほんとにこれで終了だ。麻美は照明を落として、暗闇のベッドに、どさりとうつぶした。

木綿のシーツが汗を吸い、肌をひんやりとさせる。

ああ、……すごく気持ちいい。体温も、徐々に下がってきた。

仰向けに寝返って、麻の薄手の枕に、静かに頭をのせてから、まぶたを閉じた。

そう言えば、この枕……。

「厚い枕は、首にしわをつくるから、女の人はやめた方がいいんだよ」

「えっ、やっぱりそうなんですか。私もやめなきゃ……」

いつだったか、ずいぶん前、彼が飲みに誘ってくれたときに交わした会話が耳に残っていて、先週の日曜日、それをふと思い出して、ひとりで買いに行った。

……やさしい眼だった。見た目は細いけど、シャツだけになった身体は結構、筋肉質な彼。思い出すと、ベッドの中で生まれたままの姿でいるふたり、を想像してしまう。

あの人は、過去に、どれくらいの人と深い関係を持ったことがあるのだろうか。

彼となら、いつでもそういう関係になってもいいと思う。

ああ、また身体が熱くなる。激しい余韻に、まだ身体がしびれている。どうやら本能の記憶は、まだ冷めていないようだ。自分では考えていないのに、勝手に無意識の私が心の奥底にあるものをうずかせ、また誘ってくる。陰雨に濡れても、心は渇いたまま。それも当然か。この身体は、もうずいぶんと男に抱かれていない。

これまでの自分というのは、勢いにまかせて、風のように軽く、水のように自由に、思うがまま、もっぱら人生を楽しんできたところがある。

しかし、母が他界してからは、軽い男遊びは一切していない。しようにも、できなくなってしまった。

けれど、性の悦びは知っている。ときどき無性に抱かれたくなるときがある。誰でもいいから押し倒してほしいと思うことさえある。性の飢餓感に耐えるのもつらいものがある。

アキラ、リュウイチ……。合コンや飲み会で知り合った元カレやボーイフレンドの番号を消せない自分の弱さ。それをようやく断ち切って、このところ少しずつ携帯から消去して、昨夜でついに消し終わった。ウエットになる身体は、そのせいなのか。

ふいに襲いかかってくる孤独感。煩悩の波……性の渇望。それらに、いつまで耐えつづければいいのだろうか。私の中の、私に聞きたい。

（もうひとりの私、あなたは何者？　心のどこにいるの？　身体のどこに隠れて泣いているの？）

まぶたを閉じた暗闇の端に、また彼の姿がよぎる。ああ、彼に、甘えたい。今夜、夢で彼に逢えるなら、いや、逢えないのなら、彼の夢の中へ逢いに行く。

あの人は、一体、どれくらい私に興味があるのだろう。彼女は本当にいるのだろうか。いまのところは、冗談でもこれだけは聞けない。怖くて。

けれど、たとえ彼に彼女がいたとしても、彼が結婚していない以上、こちらにもチャンスはある。恋路は水もの。一瞬一瞬のプレーで流れが変わるものだ。どうなるかわからない。こっちにだって勝ち目はある。だからチャンスを信じて、彼には、まめにこちらの気持ちを伝えていかないと……。

……ようやく、少し眠くなってきた……

呼吸も穏やかになってきた
雨の匂い。

まだ降りつづいているようだ。

真夜中の、静かに雨打つ音が、しとしとと、遠くレースのカーテンの向こうから、かすかに聞こえてくる。

いつまで降りつづくのだろうか。

置き去りにされた心。美しい嘆きの雨。鳴り止まぬ雨音に耳を澄ましながら、せめて今夜だけはあの人を信じて、寝る。

寝返りしたとき、左手が自分のいちばん敏感なところに触れた。それが意識的なのか、無意識でそうなったのか、よくはわからない。ただ、優しい雨音が、指先に微妙なリズムを刻ませるのは確かなようだ。

4　あの約束

淡い色調の寝具やクッションで埋め尽くされたベッドルームは、エレガントでフェアリー。薄いイエローに染められたオーガンディーのカーテンが、微妙な柑橘の光彩を放って、それは儚いロマンチシズムのような空間を演出している。

やっぱり素敵。波打つカーテンの向こうには、海が見える。目が洗われるような青い海が広がっている。そんな錯覚に誘われる。

柔らかな光に包まれたコーナーで、鏡のように磨き込まれた床にたたずみながら、麻美は売場の入り口に置いてある、オランダから輸入した猫脚がかわいい木製の花台に視線を移した。

やはりと言うべきか、さすがと言うべきか、彼の演出《プレゼン》のうまいところは、そこに単なる花を飾るのではなく、透明なガラスの写真立てに、押し葉にした四つ葉のクローバーを一枚入れて立てかけてあるところ。

小さな写真立ての中の、小さな緑。小さいけれど、その澄んだ水の中で静止しているような四枚の葉には、思わず、あっと、足が自然に止まってしまうほどの力がある。

まめな彼は、この店のオープンに間に合うよう、毎朝、自転車で家の近くの公園へ出向いて四つ葉を探しまくり、見つけては本にはさんできたのだという。

実際のところ、家具である花台は売れずに、この四つ葉のクローバー入りの写真立てだけが、女性客に売れてしまうこともしばしば。

まいったな、また売れちゃったか。彼は複雑な表情を浮かべながら、また一枚、二枚と、翌日持ってくる。

大変だろうな。そんなことまでして、店づくりにこだわって。それなのに、ゴメンね、安田さん。

早朝から公園にしゃがみ込んで四つ葉探しに苦労している彼の姿。それを思い浮かべると胸がチクリと痛くなってしまうが、実は、この私もその写真立てを買った女性客のひとり。

昨日売れたひとつは、自分のために、自らこっそりレジを打った。持って帰って、寝室のドレッサーの上に飾った。

「どう？　調子は」

不意に後ろから、肩に手を置かれ、麻美はびくっと身体を震わせた。

「あっ、……安田さん、お帰りなさい」

「そんなに驚かなくても……何考えてたの？」

先にランチを終えて戻ってきた安田が、麻美の顔をのぞき見るようにして並んで立った。

「いえ、……別に。ただ、ちょっとおなかがすいちゃって、ぼーっとしました。あ、それより安田さん、うれしいお知らせがありますよ」

「えっ、何？」

麻美は嬉々としてカーテンの隣を指さした。

「あのドレッサー、先ほどまたご成約があったんです」

「えっ、また？　本当？」

「はい。早くも今日ふたつめ、ですね」

表参道のお店がオープンして、今日でちょうど一週間。滑りだしは快調で、訪れる客といったら、おしゃれを自負するうるさそうな人たちばかりなのに、売上目標は毎日突破している。

「わざとらしくないように仕上げるのが、結構難しいんだよな。……さり気なくね」

女性同士やカップルが、必ずと言っていいほど店の前で足を止める姿に、彼は満足そうに口を開いた。

「安田さんがつくった売場、本当に素敵だと思います。……私もこんな家、住んでみたいな」

ちょっと恥ずかしそうに目を細め、麻美は甘える声で、くすぐるように安田を見上げて言ってみた。

「ありがとう」

口元をほころばせた安田は、まっすぐ前を見ながら、照れたように小さく笑った。

開店時にはピリピリしていた彼も、ようやく少し余裕が出てきたようだ。

「……売れるお店っていうのはね、それなりにいろいろと売れる理由があるんだよ。例えば、売場に立つスタッフの男女比率なんだけど、これは入ってくる男女の比率と同じにするんだ。そうすると心理的な安心感から、お客さんは、もっと入りやすくなる」

「へえー、なるほどね、言われてみればそうですよね」

「それから、つかみのアイキャッチになる店頭は、もちろん大切なんだけど、でも、それだけではまだ印象が弱くて、なかなかお客さんは中に入ってくれない。だから、手に取って、触ってみたくなるようなものを、店の奥にずらっと並べるんだよ。そうすると『あっ、アレいいな。ちょっと中に入ってみよう』って、お客さんの足も自然に止まって、違和感なく、中に入ってもらえる」

「ふーん。そうか。かわいい雑貨なんかを、集中して奥の棚に並べてあるのはそういうことなんだ」

「うん。とにかくポイントは、売ろうとしないこと。欲しい、と思ってもらえるようにすればいい。そのためには、ただ漫然と家具を並べるんじゃなくて、『こういうお部屋はどうですか』って、ビジュアルに訴えるものを、トータルな形で表現することだよ」

本当にその通りだと思う。やっぱり彼の審美眼と、売るための技術は確かだ。当てずっぽうではなく論理的。

それにしても、後ろからライトを当てたイエローのカーテンの横に置いてあるのが効果的なのか、あのアンティーク調のドレッサーは、本当に人気がある。いま肩を並べて入ってきたカップルが、また近寄って見入っている。見せ方ひとつでこんなに売れるものなのか、と思いながらも、それも当然かとも思う。

なぜなら、あなたとこんな部屋で朝をむかえたい……と女だったら誰もが願う、愛に溢れた魅惑のベッドルームなのだから。輝く瞳と、つややかな白い歯。彼氏の手を引いて見上げる彼女の顔は、それこそ愛に満ち溢れている。ふたりの結婚はもう間近。きっとこの秋。

「ところで小早川さん。今日で現場のヘルプも終わりだけど、このあと小早川さんの予定は？」

「えっ、今日、ですか？　……別に、特には決めてませんけど……」

「じゃあさ、今夜、店が終わったら久しぶりに一杯どうかな？　小早川さん、一週間よくがんばってくれたし、ささやかだけど、何かご馳走するよ」

「ほ、ほんとですか？」

「うん、一週間、大助かりだったよ」

予期せぬ誘いに、麻美は心の中で跳び上がって喜んだ。

彼が食事に誘ってくれるなんて、本当に久しぶり。何ヶ月ぶりだろう。胸に、甘酸っぱい感情が広がった。

もちろんこのチャンスを逃すバカはいない。うれしい。しかし麻美は、「はい」と元気よくふたつ返事で答えたものの、一瞬、いるであろうと思われる、彼女、の存在のことが気になった。

「……でも、安田さん……いいんですか？」

「ん？　……何が？」

安田は、まばたきしながら麻美に目を合わせた。

「何がって……」

彼女、いるんでしょ。大丈夫？　麻美はアイコンタクトでそう語りかけた。

束の間の沈黙、安田は軽く髪を撫でつけながら「……意味がよくわかんないけど、まあ軽くだよ、軽く。あまり帰りは遅くならないからさ」と照れたように答えた。

「……はい。じゃあ喜んで」

「よし決まり。あ、そう言えばごめんごめん。交代しよう。早くお昼に行ってきて。おなかすいてるんだろ。一階の今日のパスタランチ、おいしかったよ」

「わかりました。じゃあ行ってきます。もし忙しくなったらメールください。すぐ戻ってきますから」

麻美はニコッと笑い、ネームプレートがついた薄いピンクのスタッフジャケットを脱いだ。

足取りは軽かった。麻美は、宙を歩いているような、浮遊感に包まれながらエレベーターホールへと向かった。


夏の日差しに照らされたプールサイド。青く揺らぐ、水面のそばには、高く膨らんだ乳房とまっすぐに伸びた脚。寝そべったビキニ姿で肉体を晒す、彼女の流麗なフォルムは、少しデフォルメされているとはいえ、ため息が漏れるほど優美で、それはそのあとに訪れるであろう、あの甘い官能の時間さえも連想させる。

レストランの白い壁にかかった、一枚の洋画。

そこへ目をやっていると、麻美は、ふと忘れかけていた、安田との約束を思い出した。

そう言えば、あの約束はどうなったんだろう。

アサリのクリームパスタを絡める麻美のフォークの手が止まった。

いつだったか、まだ寒いとき、会社の帰りに駅前の書店で、彼を見かけたことがあった。

まぶたを静かに閉じると、あの少し曇ったガラスの向こうにいる彼の姿が、ゆっくりと浮かび上がってきた。


吐いた白い息が一瞬にして消えてなくなる二月の夜、建築・インテリアの書籍コーナーで、彼は壁にもたれかかって、たしか「建物探求」という季刊誌を広げていた。

ガラスの扉を開けて店内に入った私は、グレーのアンゴラコートを着た彼の背中に、そっと息をひそめて近づいた。何かを深く考えている様子で、彼はまったく気づかない。声をかけようか、それともやめとこうか、かけるならどうやって……。彼の後ろで胸をドキドキさせながらしばらく悩んだすえ、結局ストレートに「ヤースダ、サン！」と彼の肩に軽く触れながら声をかけてみた。

「ワッ、ビックリした」

びくっと身を震わせた彼は、一瞬、とても驚いた顔で振り返った。なんでそんなに驚くの、と思いながらも、私はとにかく「へぇー、研究熱心なんですね」と彼が広げている本をさっとのぞき込んだ。彼がそのとき没頭して読んでいた箇所は、「建築家からのひと言」というページで、家具に関するページではなかった。

「……中身も大切だけど、それを入れる器《ハコ》のこともよく知っておかないとね」

彼はパタンと本を閉じて、そうつぶやくように言いながら、ゆっくり本を棚に戻した。

普段見せることのない、どこか淋しげな横顔。長い睫毛。まぶたを細めたその下の瞳は何を思い描いていたのだろう。あのとき微かなため息をひとつついた彼の横顔がちょっと不思議で印象的だった。

棚から向き直った彼は、「ところで小早川さんの方は、ここへ何を探しに？」と聞いてきた。

実はさっきガラス越しにあなたを見かけたから、なんて、それはちょっと恥ずかしくて言えなかった。とっさに、あの裸身の彼女、『ヌーダ・ヴェリタス』の絵が頭に浮かんで、「クリムトの画集なんかを探しに」と答えると、「ああ、あの婦人画の……でも、ちょっと官能的なやつね」、彼は少し顔を赤らめながら、そう返した。

彼のことをかなり意識しはじめていたときだっただけに、私は何でもいいから彼と個人的な接点をと、思いつくままにつぶやいた。

部屋もワンルームで壁も殺風景だから、絵でも飾ってみようかなって思ってるんです。

父が所有する3LDKマンションなんかにひとりで住んでいると言えば、単なるスネかじりの女だと思われてしまう。だからちょっぴりウソをついた。

ふーん、そう。しばらくあごに手を当てて考えていた彼が口をひらいた。

「それならお役に立てるかも。設計会社の社長でその辺のことに詳しい人がいるんだけど……ちょっと前に会ったとき、そういえば画廊のオーナーさんたちと親しいって言ってた」

「えっ、画廊？　画廊なんて敷居が高いですよ。それに値段も……」

「意外とそうでもないらしいよ。版画や若手の作家が描いた絵なら、探せばそこそこの大きさで値打ちなモノが見つかるかもしれない。値段にしたって、頼み込めばきっと少しはまけてくれるって」

「本当ですか。でも、ひとりで行くのはちょっと……」

「大丈夫。そのときは僕もついて行くから。今度社長に会ったら一度聞いてみるよ。僕も興味あるし」

「うん。じゃあお願いします。楽しみだなぁ」

それからは、白い息を吐きながら、綿菓子をちぎったような雪の中を、ふたりでゆっくり駅まで歩いた。

あれからずいぶんと経つけれど、彼はあのときの約束をどう思っているのだろうか。リビングルームの壁はいまも白いキャンバスのまま。こっちは、待って、待って、待ちつづけて、待ちくたびれてしまった。季節もすっかり変わって、もうこっちも忘れてしまっていた。

あの約束。あれは会話の流れから、彼が適当に話を合わせてくれただけで、彼自身、もう忘れちゃったのかな。それとも、覚えていても、いざとなると一緒に行くのが面倒くさくなっちゃったとか。いやひょっとして、やっぱり彼女ができて忙しいとか。いずれにしても答えはそのどれか。今夜チャンスがあったらそれとなく聞いてみよう。いい機会だ。

壁に掛かった絵から視線を戻した麻美はすっかり冷めたパスタをまたフォークですくった。

彼についてい店の奥まで入っていくと、その突き当たりはL字に曲がり、彼はさらに奥へと進んで、やや孤立したスペースに置かれたテーブル席に腰を下ろした。

裏原宿にあるこの店は、マリン調のムードがいっぱい、夏の夜を盛り上げるかなり凝ったお店で、店内はまるで時代物の船の中にいるよう。古ぼけた壁には航海地図が貼られ、羅針盤やテレスコープの骨董品、いかりのオブジェなどがさり気なくディスプレーされ、踏むとぎしぎしと鳴る床は、柔らかみのある古材が敷きつめられている。

流れてくる詩情溢れる南国のメロディーの間には、波の音なんかも時折はさまれて、それが美しい旋律となって心地よく耳に響いてくる。ふたりでこうして籐の椅子に座ってビールを飲んでいると、本当に夜の海の上へ瞬間移動してしまったかのような気になってくる。

運ばれてくるコース料理は、カニとオニオンの冷製スープ、シーフードの地中海サラダ、ハムのマリネ、エビがたっぷりのったリゾット……。ふたりとも出てくる料理を次々食べておなかはもういっぱいになった。

さあひと息ついたところでそろそろ。今夜はアシスタントの小早川麻美ではなく、女としての麻美の色を出していかないと。グラスの底から粒立つ泡を見つめていた麻美は、改めてキャビンのような店内を見回しながら言った。

「安田さん……安田さんって、素敵なお店を知っているんですね。すごくおいしかったです。何かお昼が軽かったから、いっぱい食べちゃった」

「アハハッ、それはよかった。結構いいだろ、このお店。僕が仕事でよく相談にのってもらってる設計士さんがいてね、ここのお店もその人がデザインしたんだ」

えっ……設計士、その人って……。

麻美は、ひょっとしたらその人は以前言っていたあの設計会社の社長さんのことですかと、一瞬、ここぞとばかりに口から出かかった。が、すんでのところで舌を引っ込めた。仮にもしその人がそうであるのなら、彼もきっと、あの画廊へ行く約束をしたことを思い出して、自分からその話をしてくれるにちがいない。そう思った。少し様子を見てみよう。

麻美はさり気なく安田の表情を追いながら言葉を返した。

「へえー、そうなんだ。センスのいい方ですよね。このお店、私もすごく気に入っちゃった」

「どこに連れていこうか、迷ったけど、ここにしてよかったよ。まあ、このお店は大抵、どんな人を連れてきても気に入ってくれるんだけどね。たまに接待でも使うし」

接待か……。接待で来るといっても、こんなところ、男同士で来たってゼッタイ絵にならない。インテリアデザイナーやコーディネーターなど、彼が仕事上つき合う女の人は大勢いる。

連れてくるのは間違いなく女の人だろう。もしかしたらその中に彼の彼女がいるかもしれない。色目を使って言い寄る女性の一人や二人くらい、いるに決まってる。誰だろう。どんな人だろう。知っている限りの顔を頭に思い浮かべる。さらに麻美は「彼はいま座っているこの席でもその人と……」と、安田と楽しく杯をかわす見えない相手に勝手にジェラシーしながら、その情景を思い描いた。

「ねえ、小早川さん、どうしたの？」

「えっ？」

「さっきから急に黙り込んだりして、おかしいよ。疲れた？」

「あ、ああ、いえ、私は全然平気。大丈夫。気にしないでください」

麻美は慌てて、手を上げてふった。

「でも、安田さん、接待って、結構、気をつかうんでしょ。何か大変そう」

「そうでもないよ。もういいかげん、慣れたから。それより最近は、気をつかうかわりにお金をつかってる。経費の削減や圧縮なんかで、二回に一回は自腹切んなきゃなんないからさ。財布が、痛いよー、ってぴーぴー言ってる。情けない話だろ。アハハッ」

安田は冗談っぽく笑いながらグラスのビールを飲み干した。

「あっ、安田さん、まだビールでいい？」

「うん」

「じゃあ、私も」

麻美は自分のビールを慌てるように飲み干し、うっすらと頬をピンクに染めながら、後ろにいた店員におかわりを二つくださいと声をかけた。

はぁー、でもうれしい。久々に訪れたふたりだけの時間。おなかいっぱいで、アルコールもだんだん効いてきて、何だかフワフワする。彼と海の旅。本当に海の上にいるみたいで気持ちがいい。でもせっかく訪れた、またとないチャンス。ボケッとしてないで、そろそろマジでいろいろ彼に聞いてみないと。

安田を見つめた麻美は、ピンクの頬に緊張を覚えながら口を開いた。

「ところで安田さん、あの、ひとつ、聞いていいですか」

「うん、何？」

「安田さんはこれからもずっと白羽リビングに勤めるつもりなんですか」

「え？」

「あっ、ごめんなさい。別に深い意味はないんです。でも、一度聞いてみたかったんです。だってうちの会社、結構きついし……」

麻美はわざと少しつらそうな声と表情をつくりながら言った。

「うーん……どうだろう、それはなんとも言えないな。まあ、いろいろ考えたりもするけど、いまのところはここでがんばるつもり。どこへ行っても大差はないと思うから。でも、転職するなら三十までって言うだろ。あまり深くは考えたことないけど、チャンスがあったら辞めちゃうかもな」

「じゃあ転職以外に、『独立』とかは？」

「独立？」

安田は一瞬、いきなり何を言いだすんだという、少し怪訝な表情で麻美を見た。が、すぐに新しい煙草に火をつけながらしばらく考え込んだ。

「独立かぁ……そうだなあ、そりゃ少しは憧れもあるけど、でも実際は何をはじめるにしたって難しいし、大変だと思う。資金もいるし、起業したところでそれで食べていけるかどうか。ビジネスで成功するには努力以外に運もあるからな。でもさー、何でそんなこと聞くの？」

「何でって……」

麻美は返事につまりながらも、予測していた言葉だっただけに、すぐに自分の立場を他人に置き換えて切り返した。

「あっ、そうそう、実は先日法事があって久々に従兄弟と会ったんです」

「うん、それで」

「それでその人の父親は長年会社を経営してるんですけど、聞いてみると最近はあまりうまくいってないみたいなんです」

「ふーん。そうか。だいたい話が見えたよ。つまり、その従兄弟の人はいまはたぶんどっかに勤めてて、将来親の会社を継ぐかどうか、悩んでいるんだろ。ちがう？」

「そう、当たり！」麻美は渾身の力を込めてさけんだ。「よくわかりましたね。安田さんって鋭い」

「別にそんなの鋭くないって。そういう話は世間でよく聞くことだよ」

「そうなんですか……まあいいや。で、どう思います？　もし安田さんだったら、どうします？　彼、すごくそれで悩んでいるんです」

「オレ？　俺かー……。そうだなー、どうするだろう……。一生を左右するだけに、難しい選択だよね。まあその人が何の商売されてるか、その業種にもよるけど、でも、ずっとがんばって勤めていてもいまの世の中、なかなか報われるものでもないしな。俺だったら、どうせ苦労するならってことで父親の跡を継ぐかもな」

そうなんだ。そういう考えなんだ。少し希望が見えた麻美は、頬の筋肉をゆるませながら安田を見つめた。

しかし、安田は運ばれてきたビールグラスに唇をちょっと近づけたあと、大きなため息をついて何かを思い出すかのように話しはじめた。

「何て言うかさ、いまの企業は昔とちがって、もう社員を一生面倒みてくれるところじゃないからな。うちだって例外じゃない。ここ数年、リストラされて会社を去っていった人間を何人見てきたことか。うちは二年続けて赤字を出した課はすぐ消えてなくなっちゃうから。僕だって、『いつかは僕も』っていう不安、正直言っていつも心のどこかにあるよ」

はぁーっと彼。ふぅーっと私。

同時に長いため息が出たのにはおかしかった。彼は彼なりに考えて、苦しんでいるんだ。いま彼が言ったことは本音だろうし、共感もできた。ああ、できることなら自分の心の中もワッと彼に打ち明けたい。思っていることを全部話して裸になりたい。麻美はかっと胸が熱くなった。

「何かさ、私、これからの人生、生きていくだけでも大変なような気がしてきちゃった」

テーブルの一点を見つめながら麻美は自ら問いかけるようにつぶやいた。

「今日の小早川さん、ちょっと変じゃない？　妙に話がデカくなるし、重たい話だし……仕事のことで悩んでいるんだったら相談にのるけど、何かあったの？」

「ううん、別に毎日の仕事のこととは関係ありません。ただ私たちのお父さんが若かった頃はまだ日本も成長してて、いい時代だったのにな、っていうこと。あっ、そうだ、そう言えばいま思い出したんですけど、安田さん、前、『名古屋の実家は和菓子屋をやってる』って言ってましたよね」

「ああ。そうだよ。おやじとおふくろはもう引退しちゃって、いまは兄貴が跡を継いでるけどね。君の従兄弟と同じで、兄貴も、『おやじの頃はよかったけど、俺の時代は地獄だよ』って、たまに帰るとぼやいてる。あの世界も大手チェーンなんかがどんどん進出してきて、昔ながらの個人商店はみんなどこも苦戦してるみたい」

「ふーん。そうなんだ。やっぱりどの商売もみんな大変なんですね」

「そりゃそうさ。ただでさえ、あれはあれで大変な仕事だから。毎朝、暗いうちから起きて仕込みをしなきゃなんないし、湿度やその日の天気によって微妙にいろいろ調整しないと同じ味が出ない。機械化すれば楽だし量産もできるんだろうけど、『じわりとした甘さや、歯ごたえがなくなる』って、かたくなに手作業にこだわってる。盆や暮れ、節句のときなんかに帰るともう大変。兄貴の嫁さんやパートのおばさんたちだけではとても回らないから、そのときだけは家族総出で、両親や僕までかり出される。名古屋へ帰るといまだに安い日当もらってアンコをこねたり蒸籠《せいろ》と闘ってるよ」

「へえー、それは意外、でも一回見てみたいな、安田さんがお団子とかを作ってるところ。普段の姿からは、とても想像できないし、何かちょっと楽しそう」

麻美は目を輝かせながら安田を見つめた。

「そんな、全然楽しくないって。重労働だし神経も使うし。小早川さんが思っているほど楽しいもんじゃないよ。もう子供の頃からずっとやってることだから、これが当たり前になっちゃってるだけだよ」

少しきつく言い返した安田に対して、麻美は「あっ、ごめんなさい、私、つい自分の知らない世界だったから……ご苦労されてるお兄さんに、失礼ですよね」と慌ててぺこりと頭を下げて謝った。そして謝りながらも同時に、安田のプライベートな一面が聞けたことを、内心、うれしく思っていた。彼に寡黙な部分があるというのも、こういった職人的な背景からくるものなんだろうと、このときはじめて納得できた。

「いいよ。別に気にしてないから。でもさ、ああいう商売も、実状を言えば、先代の味を守るだけではとても暖簾《のれん》を守っていけない時代になってるんだ。常連さんたちの期待を裏切らないようにしながら、常にいま風の商品も開発していかなきゃなんないから、兄貴に言わせれば、頭の中はいつも試行錯誤のくり返しでぐちゃぐちゃ。表は凛とした静かなたたずまいをしてるけど、あれはあれで実際の裏側は苦悩の連続。続けていくには根気のいる、大変な商売だよ」

彼がしゃべり終わったとき、それを待っていたかのようにこの店のシェフがラストのデザートを持ってきた。まだ若い、ビジュアル系の感じのいい人だ。彼は軽くおじぎをして生イチゴがいくつものったタルトとアイスコーヒーをテーブルに置くと、来店のお礼を短く述べて笑顔で立ち去った。

「ワァー、すっごくかわいい。胃がもうひとつほしくなっちゃうな」

「好きそうだね。じゃあ、僕のもあげるよ」

「えっ？　いいの？」

「いいよ」

安田は笑って、目の前の白い皿を麻美の方へ押しやった。

「やった。じゃあもらっちゃお」

麻美はさっそくタルトの上にのったイチゴをフォークですくい、口の中でやさしくかんだ。

冷たくておいしい。何ておいしいんだろう。

「安田さん、やっぱり自分のは自分で食べてください」

「いいって、いいって。どうぞ」

「でも……すごくおいしいよ」

「だからいいって。それよりさっきの話だけどさ、必死になってる兄貴を見てて、たまにうらやましいと思うときもあるよ」

「へえー、それはどうして、ですか」

麻美は静かにフォークを置いて聞き返した。

「何て言うか、つまり、背負うものとか、守っていかなきゃならないものがある、っていうのも、『人生、生きてる』っていう実感があっていいなって思うときがある。何もないっていうのは、自由でいいんだけど、ふっと寂しくなることもあるから」

「じゃあ、何かを背負いたいわけですか?」

言った瞬間、麻美はちょっと突っ込みすぎたかなと思った。しかし安田は特に気分を害することもなくそれに答えた。

「別に無理して何かを背負いたいわけじゃないけどね。ただそういうものがあるから、がんばれるっていう気持ちも、最近何となく兄貴なんかを見てて、わかるようになってきた。ただそういうこと」

時間がなくなってきた。安田からもらったふたつめのデザートを食べ終えたとき、麻美は、最後の最後に、肝心の、アレ、を聞かなければと決心した。今夜は、これだけはどうしても聞いておかないと。

「ところで安田さん。突然話を変えちゃいますけど、安田さんにとって、この世で一番大切なものは何ですか？」

「何それ。また変な質問だね」

言いながらも、安田は腕を組んで考え込んだ。

「うーん……何かな。えーっと……」

あれ、まだ考えてる。律儀に一生懸命考えてる顔が、たまらなくおかしくてかわいい。

別にこの質問には、深い意味なんてないのに。ほんとは「いま、彼女いるんですか」って、聞きたかっただけ。でもいきなりそれはちょっと聞きづらいから、ワンクッション置いてみただけなのに。

麻美は長考を続ける安田の表情を追いながら心の準備をして、その言葉を口にするタイミングをはかりにかかった。

「……うーん、難しいな、これは返事に困る質問だよね。やっぱり一概には言えないな」

鈍い光を放つ卓上の船舶照明をじっと見つめていた安田は、ようやく顔を上げて、口を小さく開いた。

「そうですよね。ごめんなさい。変な質問して。じゃあ安田さん、彼女は？」

麻美は口を開いた勢いで、そのままさらりと言った。

「はぁ？　カノジョ？」

ついに聞いちゃった。聞きにくいことをいかにしゃべらせるかが大人の会話術。さあ核心に迫った。彼は何て言うか。はじめて訪れたといってもいい、独特な、男と女の間。勝負どころ。体じゅうの筋肉が張りつめた。

安田はテーブルに両肘を付いてじっと見つめる麻美をまともに見られなくなって、指に挟んでいた煙草に視線を移した。さらに十秒ほどたったあと、安田はようやく静かに口を開いた。

「………いたよ」

「いた?」

「……うん」

「じゃあ、いまは?」

「いま?　いまか……。じゃあ、ここだけの話ってことで……」

今度は沈黙がなさそう。すぐにでも口を開こうとしている。麻美は、過敏な反応を見せる安田の唇を見つめ、瞬きもせずに、運命の瞬間を待った。

「楽しくビールを飲んでるよ。いまはこうして美人の小早川さんと向き合って」

はあ?　すかされた。

大真面目な顔をして答えた安田に、麻美は再び語気を強めて問いただした。

「んもう安田さん、そうじゃなくって。私は、いまの彼女はどんな人なんですかと聞いてるんです」

安田はフッと笑みをこぼし、困惑の色を浮かべた。

「小早川さん、なんか今夜は本当に難しい質問ばかりするんだね」

「だって、……せっかくふたりなんだから、一度、いろいろ聞いてみたかったんだもん。安田さんの女性観とか」

安田は麻美の真剣そのものの目からゆっくりと視線を外し、そして言った。

「……まあいいじゃない。そんなこと。ヒミツだよ。ヒミツ。もうやめよ、こんな話」

「ええ？　どうしてなの、もっと聞きたい聞きたい、ごまかしちゃいや」

話題をさっさと変えようとした安田に、麻美は慌ててせがむように言葉をつないだ。

「やだよ。最近の話は。それに小早川さん、さっきから僕ばっかり、いろいろしゃべらせて、じゃあ、そういう君はどうなんだ？」

「えっ、ワタシ？　私は……」

困った。急にふられても、こっちも返事に困る。

ぎくりとした麻美は、酔った顔をさらに赤くして言葉を詰まらせた。

「ほらな。お互いさま」


じゃあ、そういう君はどうなんだ？　彼のあのひと言がずっと頭の中を回っている。切り返されたときは沈黙するしかなかった。

でもせっかくの機会。今夜のように彼とふたりで飲むチャンスはめったにない。そう思って「……私はじっと待つタイプの女の子じゃないから……、でもいまは一応彼、いませんよ」と、消え入るような声だったけど、精いっぱいつぶやいた。

それに対して彼は、口元にかすかな微笑を洩らしながら「……う、うん。そうみたいだね。残業もよくしてくれるから、そんな気がしてた」などと、少しどもりながらも、クールに返してきた。

それからあとは、しばらく当たり障りのない話になって、次第に会話は途切れがちになった。

彼は「明日も早いから、もうそろそろ」と、少し眠そうな顔をして言い、結局、この日は「もう一軒行こう」とは誘ってくれなかった。

まだ九時半。どこか健康的すぎて、少し物足りない気もして、ちょっとがっかり。

ラフォーレの前を通り過ぎ、表参道のゆるやかな坂をのぼって、山手線・原宿駅までゆっくりふたりで歩いた。

両サイドを線路で挟まれたホームで電車を待っていると、新宿方面行きが先に来た。

それに乗って薄く笑った彼は、どんどん離れていく車両の中に消えた。

軽く振った手を下におろしたとき、すぐ「しまった」と思った。彼に画廊の話を聞くのを忘れていた。聞いてみたいことがいろいろありすぎて、すっかり切り出すきっかけを見失っていた。

せっかくのチャンスだったのに。

でも、あれは、もういいや。時効、時効にしてあげよう。日がたちすぎて、こっちもいまさら改まっては聞けない。

ヒールの先から目を上げた麻美は、唇をとがらせて夜空を見上げた。

真夏の夜に浮かぶ満月は、いまにも手がとどきそうな大きさだった。

5　麻美の暗赤

「それで、例の彼とは、その後の進展はあったのか？」

「ううん……あれからは、特に何も」

麻美は力なく首を横へ振ってグラスをつかむと、ストローをアイスコーヒーの中に入れた。

ホテルのラウンジで月に一度、父とこうして互いの近況を交わすようになって一年がたつ。けれど、相変わらず毎回いい返事ができなくて、憂鬱な気分になる。

「……そうか。それはちょっと残念だな。まあ、お前は女だから仕方ないか。だけど私の方は彼の経歴をいろいろ教えてもらったよ。こないだ前田に会ってな」

「えっ、社長に！　やだお父さん、もうそんなことしたの？」

昭造の言葉に驚いた麻美は、カラカラとかき回すストローの動きを止めた。

「何事もはじめが肝心なんだよ。商売も縁も。事の前にはよく調べておかないとな。先手は処世の道。あいつもはじめはすっぱい顔をしていたが、こちらの事情を知ってるだけに、しぶしぶ答えてくれたよ。やっぱり頼るべきは同級生だ」

「でも私、人事の人たちにいろいろ勘ぐられたらいやだわ。まだ何もないのに」

「大丈夫だよ。それは。あいつには絶対漏らすなと言ってある。俺があいつの親友だってことは、人事のトップしか知らない。わざわざひとり暮らしさせてやってることだし、お前が口にしないかぎりバレないよ」

「……まあ、それならいいけど……」

昭造はにゆっくりストローに唇をつける娘を見ながら言った。

「それで、あの名古屋の次男坊の、ええっと、ヤスダ、だったかな。私は彼の話を聞いて思った。条件的には悪くない。彼は口数の少ない男だそうで、上司に媚びを売ることもしなければ、周囲に流されることもない。人事の評価もまあまあということらしい。だからあとはお前と彼、つまり本人たち次第ってことだな」

麻美はその言葉に身を硬くして押し黙った。

「ん？　どうした、元気がないな。やっぱり自信ないのか？　彼とは」

「ううん、ちがう。そうじゃなくて……こっちからは、それなりにモーションかけてるんだけどね、いろいろと。でもなかなか……」

「何だ。彼には、つき合っている女性でもいるのか？」

麻美を見つめる瞳に、昭造は不安の色を滲ませた。

「それはわからない。はっきりしたことは。でも、この前飲んだときは、冗談ぽく『ヒミツ』って、言ってた」

「だったら、今度はお前から食事にでも誘ってみたらどうだ。いまの時代は昔とちがって、どんどん女も積極的にいかないとな。場合によっては、本当のことを正直にしゃべって、向こうにその気があるかどうかきいてみたらいい。その方が話が早いぞ」

「ええっ！　ヤダ、そんなの。そんなこと間違っても言えないわ。いきなり、『養子に来てください』だなんて言ったら、彼、ビックリしてひっくり返っちゃうわ。第一、彼とはまだつき合ってもいないのよ」

「ハハハ、それもそうだな。俺も歳のせいか、ついあれこれ考えることが面倒くさくなるんだ。……だがな、麻美、お前をせかして申し訳ないが、俺は焦ってる。人には言えんが、もう身体がいうことをきかない。毎日、どうにかこうにか誤魔化しながらやってる。これだけ時代の変化が速いと、もう頭も身体もついていけんのだよ。何とか早く若いやつを見つけて、あとをやってもらわないと」

昭造は、力なく笑ったあと、父親の顔を忘れ、疲れたように目頭を押さえた。

「昔は本当によかった。いいものさえつくっていれば、店がバンバン売ってくれた。……いい時代だったよ」

「うん、私もそれは何となく微かに覚えてる。だってお父さん、毎日忙しくって、ほとんど家にいなかったもんね」

「あの頃は、日本製なり、家具というものに価値があった。でもいまは、安易で廉価な海外品がまるで洪水のように押し寄せてきて、すっかりモノの流れが変わってしまった。名門と呼ばれてちょっとあぐらをかきすぎたよ……。なあ麻美、正直言って、このままいけばうちもあと何年かでやっていけなくなるかもしれん。何しろ、先さんは年々、倒産やら廃業なんかで減る一方なんだ。手形をもらって、手形を切る。この暑いのに、毎日、毎日、薄氷を踏む思いだよ」

同じ業界にいるからその辺のことはよくわかっている。地方の問屋や家具店は不振を極め、押し寄せる淘汰の荒波に次々とのみ込まれている。厳しい競争に直面した過酷な現実がある。父の会社はここ一、二年で売上が激減している。いままでのやり方だけでは、もう限界なのが目に見えている。毎回会って話を聞いていると、本当に、爆弾の導火線に火がついたような心境になってくるけれど、気力を失いつつある父に同調するあいづちは打ちたくはなかった。

「お父さん」

麻美は力強く言った。

「そんな弱気でどうするのよ。だったらいつまでもそんな閑古鳥が鳴いているような店なんて当てにしないで、早く新しい手を打たないと。そうでしょ?」

「ああ、もちろん、そう思ってる。うちもよそと同じで早く小売りの発想ができる組織にしないとな。どう考えてもそれしか生き残る道はない。もうプライドもメンツも関係ない。問屋や店への卸なんかを頼りにしてないで、直販へシフトしていかないといとと思ってる」

「そうよ。お父さんの会社が作ったものはいいものだって、みんなわかってるんだから。売り方が悪いだけ。間を通さないでどんどん直接お客さんに売っていけばいいのよ。時代に合わせて、変化には変化で対応していかないと。はじめは小さくたっていいじゃない。まずやるの。小さく生んで大きく育てればいいのよ」

「……うん。だが、そうは言っても、うちの連中はその辺のことには及び腰だ。何せ、みんな直営店のノウハウがない奴らばっかりだからな。失敗を恐れて誰もやろうとせんのだ」

ボーダレスの、情け容赦ない時代だ。ここまでくると、もう対岸の火事だなんて言っていられない。父が間接的に伝えてくることは、痛いほどわかる。麻美は父の言葉をかみしめた。

心配しないで。何とかするから。代々続いた家具屋の看板をここで下ろすわけにはいかない。没落なんか絶対させないわ。

それより、疲れの溜まった父の顔を見て、急に身体のことが心配になってきた。常に強い薬を服用しているせいか、顔色が本当に良くない。ぱさついた白い髪、張りの失われた首筋……喉もとの皮膚はたるんで、やせ細ってしまっている。じっと見ていると、何だか泣けてくる。

「……ところでお父さん、胃の調子は？」

「ああ、胃か。……そりゃあ良くはないよ。半分もとったら何を食ってもうまくはないさ。でも、もう少しがんばって持たせないとな。会社の将来もあるし。それにお前の花嫁姿も見たいしな。もうそれしかないよ、俺の楽しみは。孫のかわいい顔なんか見られた日には、もう死んだっていいと思ってる」

「バカなこと言わないの。お父さん、とにかく彼のことは急いでやってみる。私も結婚相手ぐらいは、自分で見つけたいからね」

「ああ、その件だけは本当に早く頼むぞ。俺だって、いつも言っていることだが、お前を無理やり見合い結婚させるつもりは毛頭ない。あとで恨まれても困るからな。それに昔とちがって、いまは本当に難しい世の中だ。本人に力がないとどうしようもない。これからの社会は、知名度や老舗の看板だけでは絶対やっていけない。やっぱりお前が身近でよく観察して選んだ相手の方が正解だろう。まあ結婚も、しょせんは人対人。彼でなくともお前がしょげずに向日葵みたいに輝いていれば、縁はきっとどこかにあるさ」

疲労感を顔いっぱいに漂わせていた昭造は、すっかり冷めたミルクをひと口すすってソファにもたれると、一枚ガラスの向こうに見える、暮れなずむ石庭の壮観に目を移した。

「……そう言えば昨夜、母さんの夢を見たよ。久しぶりに」

「うん……どんな」

麻美も穏やかに父を見つめ、心地よく跳ね返してくるソファに、ゆっくりと身を沈めた。

「笑ってた。……昔、お前がまだ二歳か三歳だった頃、三人で動物園に行ったことがある。確かちょうどいま頃の季節だったかな。半袖を着てたように思う。俺はお前を抱いて、メリーゴーランドの白い馬に乗った。帽子をかぶったあいつは、俺とお前に一生懸命手を振っていたよ。……そのときの顔を、昨夜夢で見た」

「へえ、それはまた若いときの母さんね。私は当然覚えてないけど、素敵な笑顔だった？」

「ああ、そりゃあもう、まだまだ青い女房で素敵だったさ。あのときカメラを忘れてな、いまではそれが残念でならない。もうこの頭ン中の、微かな記憶しか残ってないから悔しいよ。でもあの日は確かにあった。夢じゃなくて。だからそういう意味では、昨夜の夢は、夢じゃないな。……いつか向こうに行けば、またあの笑顔に会えるかな」

つぶやくようにしてつけ加えた父の顔を、庭から射し込む西日が紅く染めはじめた。

母の死の場面は、まさに白日の夢、のような光景だったらしい。

休日の父は、朝六時きっかりに散歩に出る。近所の神社まで行き、軽い体操をしてから、帰り道に喫茶店に寄って、モーニングコーヒーを飲む。悲劇はここから。

ささやかな楽しみである散歩を終えて家に戻った父が、まだ起きてこない母を不審に思って、寝室をのぞいたときには、母は既にベッドの中で冷たくなっていたという。

あのときは何が起きているかもわからず、しばらく放心したままだったと、通夜の夜中、棺の小窓を開けて、ただ眠っているだけのような母の頬を撫でて話していた父の顔が、いまも忘れられない。

「……ねえ、お父さん」

「ん？」

「お父さんは、どうやってお母さんみたいなきれいな人と結婚できたの？」

「お前、いきなり何を……失礼なやつだな」

父はふっと、かすかに幼い笑みを浮かべて話をはぐらかす。いつもこうだ。前に聞いたときもこうしてはぐらかされた。お見合いで結婚したのは知っているけれど、照れくさいのか、昔のことはなかなか教えてくれない。

「ねえ……」麻美はもう一度つめよった。

「もう、バカなこと聞いてくれるな。忘れたよ。こんな俺でも、昔は結構モテたってことだよ」

なんだ、つまんない。と思いながらも、この瞬間、わかったような気がした。

ぴかぴかに磨いた家具を、まるで子供でも抱きかかえるようにして運ぶ父。その眼差しは、いつだって切なく、優しい。きっと母もあの眼に惚れたのだろう。

父は、几帳面を絵に描いたような人間で、根っからの職人気質。いまでも、暇さえあれば現場に入って汗にまみれる。その作業工程を見るのが楽しくて、子供の頃から時々会社へ遊びに行っては、そんな父の姿を見てきた。

もうずいぶん前、いつだったか、母から一度だけ、ちらっと聞いたことがある。

「……麻美、実はね、お父さんったら、あなたに持たせる家具を、もう作っているのよ」

「えっ？　ほんとに？」

「ほんとよ。自分でできることは自分でするんですって。会社のいちばん奥の倉庫が作業場らしいわ。こないだ会社に顔を出したとき、従業員の方がそっと教えてくれたの。『社長、娘さんのために、いい木が入ったらコツコツとやってますよ』ってね。もうほんと気が早い人なんだから」

父はいままで一度だって、男の子がほしかった、などと、冗談でも言ったことがない。

視線の、向こうから、スーツを着た初老の紳士が、ゆっくりと近づいてきた。

どこかで見たことのある顔。そう、あの人は確か父の運転手。

「……もう行くよ。時間なんだ。七時から乃木坂で組合の会食がある」

昭造は伝票を手にすると、ゆらりと立ち上がった。

「ちょっと待って、パパ。……さっきから気になっていたの」

麻美は立ちつくした父に歩み寄り、やさしく胸元に手をかけた。

「ネクタイ、曲がってるわよ」

「おっ、そうだったか。ありがとう。……それにしてもお前、何だか、だんだんあいつに似てきたな」

その言葉が、胸に重く響いた。父はきっと、あの日の母と重ね合わせて、自分を見ているにちがいない。見上げてくる父の顔が、幼い子供のように見えた。涙をうっすらためたその眼に、心が揺すられる。こみあげてくる嗚咽をこらえるために、必死で舌をかんだ。

まわりの紳士と淑女が、こちらに好奇な視線を向けていることはわかっている。どこかのクラブの女と、小柄なオーナー社長。誰がどう見たって、そう見えるラウンジの光景だ。

でも、関係ない。

「写真なんかいらないでしょ」

曲がってもいないネクタイから手を離した麻美は、昭造の耳元でそうささやくと、かまわず、小さな身体をそっと抱き寄せた。

6　土曜日には、何があるの？

「……安田さん……あの、今度オペラを見に行きませんか？　イタリアの、ヴェルディのオペラ。偶然チケットが二枚、手に入ったんです」

翌日の夕方、麻美は、いまちょっといいですかと声をかけ、きれいな歯を見せながら安田を誘った。

もうゴチャゴチャ考えてもはじまらない。彼女がいるかどうかなんて、この際関係ない。あきらめたら終わりだ。昨日の、父の涙目が麻美を大胆な行動に走らせ、煙草を吸いに廊下の奥にある喫煙スペースへ向かった安田を、麻美は追いかけていた。「いける。大丈夫だ。思いは通じる」と自分に暗示をかける。

「うちの父が仕事の取引先からいただいたんです。『お前行くか』って、昨日くれたんです。……安田さん、前に一緒に飲んだときに言ってましたよね、『一度オペラが見てみたい』って。それを思い出して、ちょうどいいかなって……」

麻美は手にしたチケットを安田に委ね、震える手をすぐに引っ込めた。

……今日の昼休みに自分で買ってきたなんて言えない。

シャギーにハサミを入れたさらさらのロングヘアーをうまく決めて、上はウエストをギュッと絞ったサマージャケット。下はちょっと恥ずかしいけど、オフィスではぎりぎりの、三十九センチのマイクロミニのタイトスカートをはいてきた。いくら服装自由な会社とはいえ、合コンのキメ服スタイルに、上司が何も注意してこなかったのが、自分でも不思議なくらいだった。でも、今日はこちらからデートに誘う以上、意識してもらうために思いきった。

男の人は、脚を見せるのを喜んでくれる。容姿に自信があれば、それを最大限にアピールすればいい。肌とスタイルに自信があればどんどん晒してプラス要因にすればいいのだ。それのどこが悪い。それだって立派な才能のひとつだ。

全身で問いかけて、精いっぱいの笑みをつくる。緊張で、頬の筋肉がひきつっているのが自分でもわかる。さあ彼は一緒に行ってくれるか。それとも手にしたチケットを突き返してくるか。麻美にとっては、真剣そのもの。まさに起死回生を賭けた、二枚のチケット。ここで将来の生き方が決まるとさえ思える瞬間だった。

「……ふーん、オペラか。確かに前はそう言ったけど……」

立ったままチケットに視線を落としていた安田は、灰皿の横にある長椅子に、ゆっくり腰をおろした。もう片方の手をシャツの胸ポケットに伸ばし、手探りで煙草を一本取り出したとき、「あっ、これ、今度の土曜、七時開演じゃないか」と、くわえようとした煙草を持つ手が止まった。

「えっ、ご都合悪かったですか?」

表情を曇らせる安田に、麻美は焦った。

「でも、いただいた、チケットなんで……」

「うーん、ちょっとね。この日は……、困ったな」

「……もしかして、デート、ですか?」

つい出たその言葉に、彼は一瞬、わずかに眉をひそめて身を硬くした。それから静かに足を組み直して煙草に火をつける。沈黙するしかないという、無言の重さ。否定しないことは肯定を意味する。やっぱり最近彼女ができたのか。額にかかる髪をかき上げながら困り果てる彼の表情。そこには、明らかに女の影が見え隠れしている。やっぱり。断定していいだろう。勝負あった。

うまい断り文句が出てこない彼を、これ以上追いつめても仕方がない。

動揺を隠しきれず、平衡感覚を失った麻美の身体は、モデル立ちのバランスを大きく崩した。

「ごめんなさい、安田さん」

麻美は、すっと手を伸ばし、安田からチケットの返却を求めた。

「いきなり誘われても、困りますよね」

「う、うん。……やっぱりこの日はちょっと、特別な用があってさ……せっかくだけど、またの機会に。ゴメン」

彼の眼。語感から伝わってくるニュアンス。彼が言いたかったことは、つまりこうだ。

(君、何でわざわざ僕なんか誘うの？　彼女のいないやつ、会社の中にだって、いっぱいいるじゃない)

にがい顔をしてチケットを返す眼は、そう伝えている。

でも、こっちも真剣。麻美は最後にもう一度だけ、

「安田さん……誘って、迷惑でした？」

と、女の眼をして聞いた。

「いや、ちがうって。誘ってくれることはうれしいよ。でも……」

立ち尽くす麻美と、座ってそれを見上げる安田に、数秒の沈黙があった。

絡み合った視線を先にそらしたのは安田の方だった。

「ひょっとして……」

長くなった煙草の灰に気づき、安田はそっとひと口吸って紫煙を吐き出すと、その煙草を灰皿に投げ入れた。

「小早川さんさ、何か僕に相談事でもあるの?」

「……」

彼なりのフォロー。細やかな気づかい。そうなんです、と言いたい。しかしこの結果では彼には何も言えない。何も。

「いえ、……別に」

麻美は小声でそう言うのが精いっぱいだった。

「ところでさ、今日はどうしたの?」

「は?」

「そのスカート。あの、さすがにそれは、ちょっとまずいんじゃないかなって。オフィスではちょっと眩しすぎる」

麻美は自分の脚を見下ろした。

「……そうですか？　私って、そんなに軽そうな女に見えるんでしょうか」

「そうとは言ってない。ただ、さっきから目のやり場に困ってる。そんなきれいな脚を見せられたら……」

「見せられたら？」

彼は珍しく顔を赤くして言った。

「……つまり、どんな男だってイチコロってことだよ」

どうせ言うなら、もっときつく叱ってほしいのに。そう思ったちょうどそのとき、若い男性社員が二人、息抜きにケラケラと笑って一服しに来た。隣の課の人たちだ。

あっ、それを見て彼は、反射的に椅子から立ち上がってしまった。ああもう。水が入った。

男女を結ぶ細い糸は、この瞬間、ぷっつりと切れた。

女を品定めするような、エッチな目つき。麻美はそんな彼らの視線を横目で見ながら、フロアに戻る安田の二、三歩あとを追いかけた。

するとすぐに後方から、ひそひそと囁き合う声が聞こえてきた。

「ほう」

「……すげえ脚だな」

と同時に、安田は足を止めて麻美に振り返った。

「ほらね、聞こえただろ？　僕の言った通りだろ？」

麻美の耳元に口を近づけた安田は小声で言った。

麻美はそれには答えず、まっすぐ前を見ながら安田を追い越した。そして、これ以上は「聞かぬが花」と思いながらも、後ろの安田に向かって肩ごしでもう一度聞いた。

「そんなことより安田さん、いるってことですよね？　彼女」

最後のケジメのつもりだった。

「え、あっ……いや……あの、何て言うかさ、俺、今度の土曜の夕方は……」

また、聞き苦しい言い訳。独り言をつぶやくようにもじもじしゃべってよく聞こえない。こういう話になると、彼はいきなり曖昧な言い方になって、すぐに語尾を濁す。粘り強く交渉して取引に応じてもらうときの彼とは大ちがい。

これではっきりした。やっぱり聞くまでもなかった。彼は私を異性として見ていない。こじつけっぽい話を続ける彼なんて、格好良くない。社会人として一人前の女を自認するなら、これ以上未練がましいところは見せられない。今後の仕事がやりづらくなる。あれこれ試してきた求愛作戦もここまで。万策尽きた。麻美は胸の前でチケットを折り曲げた。

「安田さん。わかりましたから、もうしゃべらないで。さっきのことは気にしないで忘れてください。私、オペラは他の誰かと見に行きますから」

麻美はちらっと振り返って安田に早口でそう言うと、またすたすた歩きだした。

平静を装う声を出すのに必死だった。涙が出そうなこんな顔、絶対見せられない。ありもしない恋にこれほど苦しむなんて。バカらしいと思った。もうどんなに夢を膨ませてみても、特別なストーリーなどあるはずがない。しょせんドラマはドラマ。ドラマチックな展開なんて、現実には、これっぽっちもない。

ああ……結局、この人も……絵空事だった。

フロアに戻り、自分のデスクへ向かう途中、唇をかんだ麻美は、折り曲げたチケットを元に戻した。そして、通りすがりのシュレッダーの上でそっと手を離した。

7　もうひとつの顔

このところ、心の傷が少しでも早く癒えますようにと、ローズマリーのアロマキャンドルに火をつけて、好きな香りをたっぷり嗅いで、ベッドに入っている。

会社の帰り、気晴らしに渋谷の東急ハンズに寄り、そのキャンドルを何本か買い足した。まだ早い。ちょっと道草でもするか。帰ったところで、食べて寝るだけで、別にすることもない。ハンズと道を挟んだ向かい側に、五階建てのコンクリート肌の、細長いビルがある。その一階の店、黒塗りの木製扉の上に、「ｂａｒ　ｎａｍｏｒａｄａ」と、スポットライトが、文字にぽっと丸く当ててあるのが目についた。それが妙に気になった。理由はわからない。でも入る店はどこでもよかった。ただ時間さえつぶせれば。

行ってみようか。

あの扉の向こうには、見たことのない未知の空間が広がっている。それだけは確かなこと。汗もかいたし、少し休みたい。よし入ろう。知らない世界にひとりで入る勇気も試したくなった。

道を渡り、ビルの前でたたずむ。ひと呼吸おき、ちょっと気ままな異邦人になりすまし、麻美は黒い扉をそっと押し開けた。

間口は狭いが、結構奥行きのある店だった。茶褐色の一枚板でできたロングカウンターに、スツールが十席ほどあり、奥でネクタイを締めた三人の若い男性が並んで飲んでいる。ジャケットを脱いでシャツの袖をまくっているのを見ると、彼らは職場の仲間か何かだろう。その後ろには、小さめのテーブルと向き合った木の椅子。それが三セット壁に沿ってある。そこにはまだ誰も座っていなかった。カウンターの中のバーテンはひとり。彼はボトルを手にして、男性たちに水割りを作っている最中だった。

なんだ。意外と普通の店じゃん。中も明るい。店内を見渡した麻美は、期待外れと少しの安心がまざり合うのを胸に感じながら、一番手前のスツールに腰掛けた。

フゥー。涼しい。ハンカチで額と首すじの汗をぬぐっていると、ほどなくして口ひげを生やしたオールバックのバーテンが、カウンターの中を歩いてやってきた。

「こんばんは。いらっしゃいませ」

彼は落ち着いた笑顔を見せた。

「おひとりさまで？」

「ええ、はい」

麻美は軽く頭を下げた。

「何になさいます？」

「ええっと……そうね、とりあえず、何か飲みやすくて甘めのカクテルを」

「かしこまりました。すぐお作りします」

店の方針なのか、性格なのか、彼はあまり愛想がよくない。まあその方がいいかも。変に気をつかって相手をされると、逆にこっちが疲れる。今日はひとりで飲みたい気分なんだ。

クーラーが利いていて、汗はすぐに引いた。寒いくらいだ。足の裏も冷えてきた。でもそれが気持ちいい。渋谷の街は無風状態で、めらめらと鉄板の上を歩いているようだった。陽が落ちたのに、メイクが崩れるほど外は暑い。きっと帰りはまたすぐに汗が噴き出すだろうから、ギンギンに身体を冷やしておこう。

出されたピーチフィズは、シュワッと喉に心地よく当たり、たちまち体内に吸収された。

ああ、おいしい。桃とジンの甘苦さが舌の奥に残る。ものの十分もたたないうちに飲んでしまった。もう一杯これを飲んだら帰ろう。

「すみません」

麻美は空になったコリンズグラスをつかんで上げ、グラスを拭くバーテンに声をかけた。

「同じものを」

「かしこまりました」

もう一杯飲むには、何か手持ちぶさただ。かと言って、ここで女ひとり、カウンターに座って食べ物を口にするのは格好悪い。そうだ。たまには……。麻美はカウンターの中で静かにレモンを切っているバーテンに、再び声をかけた。

「あの、すみません。……煙草、置いてますか?」

「ええ。何がよろしいでしょうか」

しまった。銘柄なんて考えていなかった。

「あ、ええっと、メンソール系なら何でも……」

煙草なんて久しぶり。学生時代に、友達と冗談で何度か試したことがあるけれど、好きになれなかった。それでも、今夜はとにかく気分を変えたい。いつもとちがう私になりたかった。

どうぞ、と目の前に置かれたのは、パーラメントのメンソール。それと、ｎａｍｏｒａｄ

ａと刷り込まれた店のペーパーマッチ。……ナモラーダって、何語だろう。英語じゃないことはわかる。マッチを手にしながら考えてみたものの、それもすぐ面倒くさくなった。

麻美はぎこちなく煙草をくわえ、慣れない手つきでマッチを擦った。

あっ、つかない。失敗だ。もう一度。シュッ、今度は大丈夫。ゆっくり息を吸い込みながら炎を煙草の先に近づける。メンソールの冷気が喉を通して肺いっぱいに広がった麻美は、むせるのを必死でこらえた。数秒もすると頭の中の神経が痺れてきて、気持ちいいのか悪いのか。ああ、なんかトリップ。自分じゃないみたい。目の前に並んだ棚のボトルが歪んで見える。麻美はカウンターに両肘をつきながら、ひとりの世界に入った。

はぁー。まったく。もう恋人なんて、しばらくはいらない。はじめから秘かに結婚を考えながらつき合うだなんて、絶対楽しめない。うまくいきっこないよ。

結婚という漠然とした言葉に翻弄されて、もがいている自分がバカらしくなる。会社のためだとか、親を安心させるためだとか、そんな理由で結婚をめざすなんて、よくよく考えてみればもの凄く理不尽でナンセンスなことだ。どうしても納得できない。確かに「早く孫を抱きたい」と願う父の気持ちを思うとつらくなる。でも、だからと言って、結婚とはもともと個人対個人の自然な感情からわき上がってくるものであって、そしてその結婚という前にはふたりだけのつき合いというものがあって、異性とのつき合いは本来ふたりだけの問題であるはずだ。だから、自分の結婚願望には無理がある。矛盾がある。動機が不純なような気もする。一個人の私としては、一体、結婚というものに何を望んでいるのか。そう、いまは結婚を望む理由すらわからなくなっている。

ああ、結局どこまでいっても最大の問題は婿養子。映画やドラマならともかく、すべて満たされた条件、そんなウマイ話がこの世の中にあるわけがない。こんなことばっかり考えている私って、もう前みたいにピュアな気持ちで恋愛できないのかな。でもやっぱり誰かいい人、いないかしら……ね。ほんと、みじめで情けない。

それにしても安田さんの彼女って、一体どんな人なのだろう。彼のことはあきらめたつもり。いや、きっぱりとあきらめなければならない。あきらめた以上、悔しいけれど、一方では彼女とうまくやっていってほしいとも思う。でもそう思うと今度はそんな自分に腹が立ってくる。そのくり返し。あーあ、また考えて思い出しちゃった。早く忘れないと。嫉妬心に駆られて、変なことばかりを想像してしまう自分が愚かしく、いやになる。

麻美はひとり、差し出された新しいカクテルと煙草を相手にしばらくぼやきつづけた。

空腹で飲んだせいか、酔いがまわって、まぶたの筋肉がゆるんできた。気持ちがいいけど、何だか眠くなってきた。麻美は、十分に冷えた肩をさすりながら店内を見渡した。

店もだいぶ混んできて騒がしくなってきたことだし、さっ、もう帰んなきゃ。明日はまだ金曜日。仕事だ。部屋で軽くソーメンでも食べてシャワーを浴びないと。

そう思ったとき、「あの、火、いいですか？」と男の声が耳元でして、同時に、視界の隅に煙草をはさんだ指が映った。

どうやらその声は自分に向かって発せられたもののようだ。誰よ、気安く。なれなれしい。いちいちこっちに言わなくても、あっちのバーテンさんに言えばいいのに……まあでも、つくり笑顔で「どうぞ」と言ってあげるのも大人の女性のやさしさ。

麻美は声の主を一瞥しようと、手から袖、腕へと視線をはわせ、脇に立っている男の顔を見上げた。

あっ。一瞬、心臓がドキンと動いた。イケてる。魔法でもかけられたように動けなくなった麻美は、男の眼に、一気に心が引き込まれた。

ちょっと切れ長の目でクールな顔立ち。もちろん彼は、見たことのない、会ったことのない、知らない男だった。

さわやかな表情をしているけれど、どこか孤独。そんな感じを漂わせている人だ。心がグラついた麻美は顔を紅潮させながら、

「あ、ああ、はい……どうぞ」

と店からもらったペーパーマッチを、中指の先でカウンターの上を滑らせた。

「どうも」

男はそれをつかむと、非常にゆっくりとした動作で煙草の先に火をつけた。

「すみません。あの、ちょっと隣に座っても、よろしいでしょうか。少しだけ」

マッチをそっと置いたあと、男はつぶやくように、麻美が想像した通りのセリフを吐いた。

来た。でも、一見して、危険を感じさせる男ではなさそうだ。きちんとしたスーツ姿。ブルーのシャツに水色のネクタイ。上着の胸には銀色の社章も光っている。感じがいい。声をかけられて迷惑なタイプではない。瞬間にそう判断した麻美は、ええどうぞ、と微笑みを返していた。

「じゃあ少しだけおじゃまします」

男はムスクの香りを漂わせながら、麻美の横のスツールを静かに回して腰掛けた。

「まだ、もう一杯なら飲めますよね?」

「……ええ」

「すみません。この女性にゴードンのマティーニを」

男はバーテンにそう告げた。

どうせ持て余していた時間だ。ヒマなんだし、もう少しぐらいなら、彼の話し相手をしてあげてもいいか。

麻美は軽い興味と冒険心から、帰るのをやめて、男の誘いに乗った。


それから明るい会話が流れるようにはじまった。聞くと、彼は三十歳のビジネスマン。日比谷の商社に勤めていて、忙しすぎて彼女もつくれませんと笑顔で言う。

麻美も簡単な自己紹介をした。ただ、初対面ということだけあって、互いに勤め先の社名や自分の名前を名乗り合うことはなかった。

会話の量はフィフティーフィフティー。鬱陶しい質問攻めもなく、彼はちゃんとこんな場所での大人のルールというものをわきまえていて、話題の中心は軽い、お酒と食べ物と、夏の海の話だった。

見知らぬ男との、あと腐れのないひとときの会話が、空白の時間を埋めていく。気づくと、ふたりだけの世界に入っていた。麻美はすっかり瞳に輝きを取り戻していた。

男が何本目かの煙草に火をつけようとしたとき、麻美は「あの」と、先ほど、ふと気になったことを聞いてみた。

「ナモラーダ……それ、このお店のマッチです。どういう意味か、わかります？」

試されていると思ったのか、男はすかさずにっこりと微笑んで、手にしたマッチを見つめながら言った。

「恋人、ですね」

「コイビト？」

麻美は二、三度瞬きして聞き返した。

「そう。これは、恋人っていう意味です。ええっと……ラテン、そう、これはポルトガル語です。もう少し詳しく言うと、最後がaで終わってるから女性名詞になります。つまり、『彼女』ってことです」

すごーい。さすが商社マン。頭がいい。麻美は知性溢れる彼に尊敬の眼差しを向けた。

「そんな顔して見ないでください。別にたいしたことないですよ、こんなの。たまたま大学のときにちょっとやってただけですから」

「でも、やっぱりすごいわ。私なんか全然……」

「それよりこのお店、『彼女』だなんて、ちょっといい店の名前だと思いませんか?」

「は?」

「実は、さっきから見てたんです」

男は静かに麻美を見据えて言った。

「さっきから?」

「ええ。あなたがこの店に入る前から。道ですれちがったとき、素敵な人だなーって、思わず振り返ってしまいました。それに、十五年前、交通事故で突然死んでしまった妹にもどこか少し似ているな、なんて……。いや、こんなふうに思うことなんて、めったにないことなんですが……。そしたらゆっくりとこの店に入っていかれたんで……迷ったけど、僕も……」

「……そうなんですか」

正直な人なんだ。麻美それを聞いても不思議と悪い気はしなかった。

「あ、でも、僕、ホント、普段はこんな真似、絶対しませんよ。ホントに」

慌てて自分を弁護する顔が妙にかわいい。麻美はくすっと心で笑い、……ええ、信じてますよ、とそれを押し殺しながら答えた。

男はワイルドターキーの入ったロックグラスを握ると静かに唇をつけた。

「ところで、失礼ですが、あなたは何線で通勤なさってるんですか？」

「私、ですか。私は田園都市線ですけど」

「おや、それは偶然ですね。僕もです」

男は驚いたような顔をしながら言い、手にしていた煙草を改めてくわえると、おもむろにスラックスのポケットから薄いシルバーのライターを取り出した。

「あっ」それを見て麻美は思わず声をあげた。

「火、持ってるじゃない」

男は笑ってこれ見よがしにライターを麻美の目の前でかざし、

「アハハ。実はそうなんです。ごめんなさい。でも、どうしてもあなたと何かお話しするきっかけがほしくって」

と声を出して笑った。

麻美もウフフと笑い返した。なかなかスマートで、面白い誘い方をする人だ。手品の種明かしみたいに、ウソを平然とばらすところにユーモアが溢れる。そしてこの人がやるからこそ、それはとってても自然で、また、笑って許せてしまう。何だか、彼とは波長が合いそうな気がしてきた。麻美の目はさらに輝きを増した。

しかし男は不意に目を落として時計を見ると、急に真面目な顔つきに戻った。

「じゃ、私はまだ仕事が残っていますんで、この辺で」

「まあ、まだこれから仕事なんですか？」

「ええ」

つけた煙草をすぐに消しながら、男は残念そうに首を縦に振った。

「利益確保のためなら、我々、時間は関係ないですからね。けど、時々たまらず途中で抜け出したり、社に戻る前にこうして一杯、どっかでやるんです。過労死はゴメンですからね」

グラスを見つめ、男は小さくため息をついた。

「大変なんですね」

「こんな時代です。自分だけ大変ぶってもみっともない。どこの会社もきっと同じですよ」

「……そうですよね。世の中、いろいろつらいことがありますよね」

長い沈黙があった。

男は手を伸ばし、ゆっくり煙草の箱とライターをつかむと、ポケットにしまった。

「さっ、そろそろ会社に戻らなきゃ。すみません。少しのつもりが、つい三十分もしゃべってしまいました」

男はカウンターの、グラスの水滴でできた輪染みを、指先でなぞりながら言った。

「いえ、いいんです。私は全然かまわないから」

麻美も輪染みを見つめながら、小声で言った。

「……今夜はあなたとお話ができて、本当に楽しかった」

「……ええ。私も」

一瞬の間があって、男の指の動きが止まった。

「あの、いつかまた、いや、よかったらまた来週にでも会ってくださいませんか」

麻美は無意識に首を縦に振っていた。同時に「……はい」と、その言葉にすがりついた。

男は笑って、麻美に顔を向けた。

「堤と言います。どうぞよろしく」

「小早川です。こちらこそ」

堤さんか。差し出された手を、麻美は軽く握った。

「では早速ですけど、来週の土曜日あたり、ご都合はどうでしょうか？」

やった。麻美は思わず心の中でさけんでいた。

「えぇっと、場所はっと、……」

「はい。喜んで」

「今度は明るいうちに会いましょう。是非。ええっと、場所はっと、……」

「どこかいいところでも知ってるんですか?」

「ええ、ちょっと……ええっと、あれは……」

こちらを考えた誘い方。話の持っていき方が、抜群にうまい。さすが商社マン。鮮やかすぎるほどスマートで、ミスリードはひとつもない。

麻美は手帳をひろげ、時間と場所、地図などをしっかりと大きな字でメモした。そしてそれを念のため、これでいいですよねと、堤にさり気なく見せて確認させた。

「じゃあ小早川さん、今晩のところはこの辺で。ここは私が払っておきますから」

支払いを現金で済ませた堤は、麻美に微笑みを湛え、さようならと手を上げて店を出ていった。

これも縁だ。大切にしよう。男と女が急速に親しくなるのは夜。ひょっこり心に入った小さな種は、一夜にして萌芽の兆しを見せはじめた。

血流に乗ったアルコールと、彼独特の語りの魔術にすっかり酔った麻美には、堤のいい印象だけが残った。

そして土曜日。シャワーを浴びてバスタオルを身体に巻きつけた麻美は、とっておきの下着、シャンタル・トーマスのランジェリーを手にとった。ブラとショーツは、淡いラベンダーに染めた生地に、黒いヨーロピアンレースを這わせた、見ているだけでも魅惑的な上下のセット。ジャストサイズで、着け心地は抜群。凛とした美しい立ち姿や、女らしい最上のシルエットを生み出すカギは、何と言っても、いい下着にある。ほどよいしめつけ感も緊張を誘う。

さあ、待ち遠しかった久々のデート。さて、何を着ていこうか。ショーツをはき、ブラでバストを押し上げたあと、クローゼットの中の夏服を一つひとつスライドさせて慎重に眺める。夏だ。絵になるのはやっぱり、ミニのワンピース。ノースリーブがいい。ストレートに女を表現できる。

鏡の前で、白地とピンクの二着のうち、どっちにしようか迷った麻美は、まずは白地の方を着てみた。

ダメだ。白は下着が透けてしまう。ならピンクだ。スラブの入ったピンクのシャンタンドレスを着て、再び両手を腰に当ててみた。

うん。いける。グラマラスで、品のあるセクシーさを醸し出している。とりわけ身体のくびれに沿って描かれたラインは、我ながら官能的で、砂時計のようなラインだと思う。

よし。ちょっと自分を褒めすぎたけど、これでいい。これなら下着も透けないいし、アウターにひびかない。

鏡に向かってつぶやいた麻美は、上体を軽くひねった。

シンプルな着こなしだ。アクセントには何がいいだろう。ブローチ？　それとも、シルバーのネックレス？　それとも星形の……でもなんだか暑苦しい。結局、できるだけ飾らずきれいに見せることを考え、スクエアに空いた首回りには何もつけないことにした。代わりに、耳元で涼しげに揺れる、白い貝殻のイヤリングだけをつけた。

さっ、急がなきゃ。

ブルガリのビーゼロワンを腕にはめ、文字盤から視線を上げた。ドレッサーの前に座るなり、麻美の視界に、あるものが映った。四つ葉のクローバーが入った、ガラスの写真立て。手にとって、じっと眺めてから、麻美はそれをそっと引き出しの中にしまった。

もう、忘れないと。

顔を上げて、三面鏡の中をのぞく。気持ちを入れ直すと、鏡の中の複数の麻美が微笑み返した。前に並べてあるいくつかの小瓶の中から、アイスピンクのヌーディーな形をした容器を取り上げ、キャップをくるくると回した。中の液体を数滴、指先にとる。オレンジの香りの次はマンダリン、そして最後は、女らしいブラックジャスミンの香りに変わる。鎖骨のくぼみにそれを擦り込んで、麻美は仕上げのメイクにとりかかった。

午後三時半は、まだ炎天下。日差しは刺すような光線で、湿度も高め。眩しい。麻美は黒地に白い花柄のレースをパイピングしたパラソルを広げて、田園都市線・池尻大橋駅東口の改札口を出て、メモした地図を手にしながら、道なりに歩いた。

先日の夜はあんな出会いだっただけに、やっぱり今日のデートは陽が落ちてから会うよりも、明るいうちから会った方が健康的でいいかもしれない。今後のためにも。

メイクは目元をしっかりとマリンブルーで印象づけて、口元はあどけないピンク。イメージ的には風がそよぐような表情をつくった。十日ぶりに堤と会う麻美は、こんなにおしゃれをしたのは久しぶり、と期待に胸を膨らませながら、痺れるような緊張感の中にいた。

本当に暑い。今日も猛暑だ。身体が溶けてしまいそう。早く行かなきゃメイクが崩れてしまう。麻美の足は、トップギアに入れ替わって速度を増した。

待ち合わせの場所は、閑静な住宅街の一角、真新しい瀟洒《しょうしゃ》なマンションの一階にあり、まだオープンしたばかりの店だった。

一見して、パリ郊外で見かけたことがあるような店構え。緑に覆われた入り口の向こうには、白一色で統一された店内が見える。

あっ、もう来てる。いちばん手前の窓側に座っている堤と目が合った麻美は、軽く手を上げて微笑み、パラソルを閉じながら石畳を進んで店内へと急いだ。

軽く腰を振り、ひざを伸ばして脚をクロスさせるような意識で……ガラスのように透明なハイヒールサンダルを軽快に鳴らし、フェミニン系やマダム系の女たちで賑わいを見せる店内を、麻美は晴れ舞台へ向かう女優のように歩いた。

「こんにちは。堤さん」

麻美の愛くるしい笑顔とスタイルを前にした堤は、腰を半分浮かせたまま絶句した。

「こないだは会社帰りで、結構ラフな格好だったから」

麻美は軽くポーズを決め、恥ずかしそうに笑った。

「……ああ、……すばらしい」

麻美が本来もつ魅力をふんだんに見せられた堤は、ようやく掠《かす》れた声をあげて、独り言のようにつぶやいた。

「何て素敵なんだ。まるでグラビアの中から抜け出てきたモデルさんみたいだ」

「そんな。言い過ぎです。ちょっとオーバーですよ」

赤面しながらも、麻美はその脚を、その二の腕を、惜しみなく堤に晒した。それと同時に麻美も、商社マンのオフシーンのスタイルをさり気なく観察した。

サマーウールのネイビーブレザーはダブルブレスト。中には、襟の形が凝ったデザインものの白いシャツ。そのボタンをふたつ開けて、ラフに決めている。外した淡い水玉模様の涼しげなネクタイは、チーフ代わりにブレザーの胸ポケットへ押し込められ、それは、「このあとはホテルでも、高級レストランでも、どんな所へでもあなたをエスコートできますよ」というさり気ないアピールをしているようにも思える。まあどうであれ、そこには彼らしい、彼なりの美学が漂っている。

「暑かったでしょ、さあどうぞ」

堤は声をかけながら、麻美に座るようにうながした。

「ううん。大丈夫、全然平気」

「でもほんと、来てくれてうれしいですよ」

「え?」

「だって、もしかしたらドタキャンされるんじゃないかなって……」

「そんな、……そんなことするわけないじゃないですか」

「ははっ、そうですよね。いやぁ、安心した」

座るとすぐに堤は、よほど暑くて喉が渇いていたのか、アイスコーヒーの入ったグラスを手にして一気に半分ほど飲んだ。

ストローから唇が離れたとき、堤は、一瞬、上目遣いに麻美を見た。

知性が消え失せた、ちょっといやらしい目つき。彼でもこんな目をするのか。

瞳孔が大きく開いた堤の視線をとらえた麻美は、著しいイメージダウンとは言わないまでも、わずかとも言えないショックと嫌悪を覚えた。

とは言っても、彼も男なんだからこのくらいは当然か、とすぐに思い直して、その感じた気持ちを自ら進んで払拭しようとした。麻美はとにかく新しい出会いを満喫し、それにすがって浸りたい一心だった。

涼しい空気のなか、二十分ほどの、楽しくてゆるやかな時間が流れた。

「それで、今度の冬のボーナスが出たら、ようやく念願だったＢＭ７シリーズが手に入りそうです。いまの車はまだ国産の……」

さっきから話を聞いていると、何だかますますごそうな人。ついていけるかしら。気後れしちゃう。

そう思っていたとき、麻美の瞳にささやきかけるように、熱心に語っていた堤の目の色が、さっと急変した。その目は麻美の顔を通り越して、後方にある店内の一点に、クギづけになったように注がれている。

突然どうしたのかしら。険しさと困惑。固まった堤の表情に驚いた麻美も、不審な思いで肩ごしに後ろを振り返った。

五十半ばくらいのひとりの女が、早足で、一直線に、床を踏みつけるようにしてこちらに向かってやってくる。

誰だろう……一体、どういうこと……。

細身で高級そうな、ベージュのパンツスーツに身を包んでいるから、一瞬もっと若くも見えたが、向かってくるその女の顔は、狂ったようなすごい形相で、まるで鬼のようにまゆをつり上げている。

「ようやく見つけたわよ、この悪魔！　こんなところにいたのね」

あっと言う間にふたりのテーブルの前まで来た女は、わなわなと身震いし、いきなり堤に向かって絶叫に近い声を上げた。マダムたちが、そのひと声に一斉に振り返り、優雅な空気に満ちていた店内の雰囲気は、一気に消し飛んだ。

「あっ、……ああ……これはこれは……どうも、良江さんのお母さん……お元気そうで」

彼女を見上げる堤の顔は、かすかに青ざめ、頬をひきつらせた作り笑顔が浮かんだ。

「ねぇあなた、どういうつもりだったの？　娘をおもちゃにして……あの子はいまも寝込んだままま、お勤めにも行けないのよ」

「お母さん、そういう話は、ここではちょっと……外へ出ましょうか？」

「バカ、何をのんきなことを言ってるの。一体、あの子をどうしてくれるのよ」

ごく自然な口ぶりで答えた堤に、母親は間髪を入れずに金切り声を上げた。

「どうすると言われても……」

堤は顎をさすり、驚くほど冷淡に言い放った。

「こればっかりは二人の問題ですからね。同意のもとでの交際です。いくら母親といえども、いまどき若い男女の恋愛に、口をはさむのもどうかと思いますが」

「レンアイ？　そんな軽い話じゃなかったはずよ。あなたたちが、結婚する、っていうから私はいろいろと協力してきたんじゃない」

「確かにあの時点ではそういう言葉も一時的に出たかもしれません。ですが、それはお母様の美しい誤解です。こういうことはあくまでも、心の微妙な問題ですから……絶対うまくいくとは限りませんよ。そうでしょ？　人生経験が豊富で立派なお母様のことです。それくらいのことはわかりますよね。まわりのみなさんが見てます。人前で、みっともないですよ」

「よくもぬけぬけとそんなことを……、やっぱりあなたは悪魔、悪魔だわ。……これは詐欺、詐欺よ。一千万は使ったわ。早く、返してよ、お金、早く！」

服装を整えながら、堤は皮肉をこめた、わざとらしいほどのんびりとした口調で言い返した。

「サギ？　何を言ってるんですか？　それはちょっとひどくありません？　僕だって、同様に良江さんにフラられる可能性があったはずなんですから。それに娘さんの方だって、僕の前では、いつもことさら可愛く振る舞って、ハデな嘘をついていたじゃありませんか。違いますか？　五分と五分、たまたま僕が良江さんとうまくやっていく自信がなくなって、それで僕の方から身をひいたんです。自信もないのに結婚するなんて、逆に言えば、誠意のない、もっと失礼なことだと思います。そうですよね？　投資で失敗したお金にしても、借用書みたいなものはありませんが、いつか成功したときに必ずお返ししようって、心の中ではいつもそう思っているんですから。今はお母様にどう思われようとかまいません。僕は耐えてみせます」

「クズ！」

ぷるぷると痙攣したように身体を震わせた母親は、瞬間、さっと手を伸ばし、目の前にあった麻美のトマトジュースのグラスをつかむと、ものすごい勢いで堤の顔面に浴びせかけた。

「キャッ！」「まあ！」どこかで悲鳴に似た声があがった。

「……ふっ、……バカなことを。公衆の面前で、よくおやりになりますね。前言撤回です。あなたは立派なお母様でも何でもありません。……残念です。僕の思いちがいでした。でも、これで気が済んだでしょう」

鼻で笑い、顔中を血だらけのように赤い液体で染めた堤は、それでも平然と言ってのけ、取り出した白いハンカチでゆっくりと顔や髪を拭いはじめた。

並の神経じゃない。この母親が言うように、この人は悪魔だ。まともな人間じゃない。

いまの彼女の話が本当だとすれば、これはどう見ても明らかに詐欺。詐欺だ。半狂乱になっている母親の前で、この人は何事もなかったように振る舞っている。

麻美は失望と激しい怒りを感じながら、悲劇の舞台でも見せられているかのように、そのおぞましい光景を見守っていた。そして、別人のように声色を激変させた堤に鳥肌が立ち、身体の震えが止まらなかった。

「お嬢さん！」

鬼と化した母親が麻美を見下ろし、叫ぶように言った。

「あなた、見てたでしょ、これがこの男の正体よ。世界最低の男。絶対近づいちゃだめ。うちの娘のような目に遭わないうちに早く帰りなさい。この男はもうとっくにあなたのことを全部調べ上げて、次はあなたを狙っているんだわ」

「何をバカな」

堤が即座に口をはさみ、焦りの色を見せた。

「まだ演技を続けるつもり？　食えない役者のくせに！」

「は？　ヤクシャ？」

「そうよ、この調子のいい男は、舌先三寸の食えない役者。あなた、一体何て聞いてるの？」

「やめろ！」

叫びながら堤は慌てて立ち上がった。

「ほらね、やっぱりまたウソついてる」

「ウソじゃない。……昔は本当に商社に勤めてて、でも、リストラで支店が集約されて……」

怒りを通り越し、ようやく自分自身を取り戻してきた母親は、堤を横目で見ながら、傷口に塩を塗りこむようにねちねちと言った。

「それで辞める直前ぐらいにたぶらかしたのが、私の娘なんでしょ。恥ずかしげもなく甘い言葉を娘にペラペラ吐いて、いい気分にさせて、さんざん金を使わせて、……いまでは無職同然の売れない役者、単なるゴロつきだわ」

「そうなんですか？」

麻美はひるんだ堤にナイフのような鋭い視線を投げた。

「ちがうって……、頼む、僕を信じて。僕は、いつかきっと……」

「まだウソつくつもり？　女をバカにするのもいいかげんにしなさい。さあ、誰か早く警察を呼んで。この男は女をもてあそぶ詐欺の天才なんだから！」

まわりを味方につけた母親は、堤を一気にのみこんだ。静まり返っていた店内は、再びざわめきはじめた。

とどめをさされ、逃げ場を失った堤は、もうだまし通せないと観念して、うなだれた。

うかつだった。甘い幻想にしがみついた自分がバカだった。

一刻も早くこの場を離れたい。麻美は急いで席を立つと、人目も気にせず大股でヒールをカツカツ鳴らしながら店を飛び出した。

8　独りぼっちの夕暮れ……母と

あるんだな、本当に、あんなこと。何という幕切れ。突然飛んできた一本の針によって、ふくらみつつあった希望という名の風船は、一瞬にして跡かたもなく消えた。

怪しき種には、やっぱり悪しき花。まったく油断も隙もない、危ない世の中だ。

堤という男は、数日後の朝刊にも載ったほど詐欺をくり返していた人間で、会社の女子社員も「丸裸にされて、世間にはバカな女がいるものね」「顔も整形していたらしいわよ」と盛り上がっていた。危ない危ない。危うく面倒なことに巻き込まれて、大恥をかくところだった。

あの時は、名も告げずに早々と店を飛び出して、本当に正解だった。

それにしても、被害者の、あの鬼になった母親の顔。女は強い。母は強し。娘さんのことを想像するといたたまれないが、我に返って、もし自分が孤独感につけ込まれて、あの男とあのまま進んでいたらと思うと、いまでも体中に悪寒が走る。自分でも本当のことだと信じて、演技する役者の心得。ウソも大きすぎるとウソだと思えなくなる。とくに心が弱っているときには。あの人の悪い面もそこそこ見えていたはずなのに、それを認めず自ら打ち消していた自分が恥ずかしい。そう反省しながらも、少し時間がたって冷静になってくると、「でも……」と少し考えさせられることもあった。

決して許すことができない男ではあるが、確かに、彼が言っていたように、男と女の関係にウソはつきものかもしれない。誰だって相手には自分のいい面ばかりを見せたいし、悪い面なんかは見せたくない。

これが相手に対する誠意とばかりに、実は私はこうなんですと、はじめから悪い面をいちいち正直に見せていたら、男女の交際なんて成り立たないだろうし、まして結婚までなんかには、絶対発展しない。女だったら誰でもより美しく見せたいもの。私だって男の人の前では精いっぱいのおしゃれをして、可愛く、きれいに振る舞っている。いつも心の中にある、「厳しい条件のある結婚」という心理的な負い目がなおさらそうさせている。

でも、装うこと、これがウソだと言われてしまったら、世の中の女はみんなウソつき。男だって、モテたいから女にいいところを見せようとする。であるなら、まさに世の男女はすべてウソをつき合っていることになってしまう。そう思うと、この世の中は、恋愛にしろ、仕事にしろ、人間関係というものは、すべてウソの塊で成り立っているような気がしてくる。

事実、業界で言えば、売れていない家具にも「最後の一点」とか、「レアモノ」「売れてます」の札をベタベタと貼って、さも活気づいているような店に見せるテクニックもあるし、またそうすることによって、お客も品薄感から購買意欲が湧いてくる。売り手と買い手の心理、さぐり合い。うまくだまし、うまくだまされ、世の中の経済がそうやってうまく回っていることぐらい、私にだってわかる。

思えば就職試験の面接文句やビジネスの建前文句だって、言ってしまえばウソが少なくない。でも常識だ。そこが人間の難しいところ。

それにしても、まさか私自身がこんなかたちでだまされそうになっていたなんて、思ってもみなかった。

こんなギスギスした時代が、人間のつくウソをエスカレートさせて、詐欺と呼ばれる世界をつくっているのかもしれない。ウソはウソでも、罪のない人を意図的に傷つけるのが詐欺というものなんだろう。危ない危ない。やれやれ。見ず知らずの人に笑顔を見せたら負け、という危険に満ち満ちた世の中に生きているということを改めて実感した。これも社会勉強、今回のことに関しては実害を受けなかっただけでも幸いと思わないと。

そしてまた、改めてこんなことも思った。こっちの方がもっと深刻……。

私の場合、いつか結婚を意識した人には、言わなければならないことがある。つらいけど、やっぱりはじめに言わないと。

「実は、私、商売人の一人娘なんです。父もそろそろ引退の時期。で、お願いなんですが、どうか……」

跡取りムコさま。本当に言えるのだろうか。こんな厳しい条件を。自分の口から。そんな度胸、今の私には、とてもないよ。

あの事件のショックからは、自分でも意外と思えるほど早く心が回復したものの、ああ、何だか頭の中はグチグチと、いつまで待っても晴れない。この夏は、ジリジリと肌を焼く太陽を避けまくって、じゅくじゅくしたまま過ぎていった。自分は「夏娘」だと思っていたのに、楽しい思い出はひとつもなかった。海にもプールにも行っていない。だから、せっかく買った胸元の結び目がかわいい、ホールターネックの水色ビキニだって、一度も着ていない。さんざんの夏。肌に水着のあとがつかない夏なんてはじめてだった。

かと言って、それもさすがにそこそこ。どんなにつらいことも、いやなことも、いつかは癒える。日、一日と暑さも和らいで、少しずつ夜は長くなり、秋の虫の声が聞こえてくる頃になると、だんだんと目が覚めてきた。

心の狂ったリズムも、ようやく本来の感覚に戻ってきた。

止まっていた秒針が動きはじめたように、少しずつ前に進みながら過去を省みる。

私は、結婚を焦るあまり、何か大きな勘違いをしていたのではないか、彼、安田さんをあきらめるために、この夏は必要だったのではないか、と思うようになった。

彼の私に対する態度はいまも相変わらず。いたって事務的でマイペース。

男女の匂いを感じさせる言葉のキャッチボールや、そんなしぐさは伝わってこない。彼とはいつだって限りなく近くに並んだままの平行線。毎日一緒にいるのに、つま先が向き合うことはない。

あの焼けた肌。きっと新しくできた彼女とどんどん仲よくなって、夏を過ごし、そしていまもうまくやっているんだろう。

彼からすれば、結局自分はただのアシスタント。彼はそれ以上の関係を望んでいない。

愛は仕事や勉強みたいにがんばったらがんばった分だけ報われるというものではない。努力してもダメだ、ということがよくわかった。結果的に早く気づいてよかったと思う。彼とは、学生の片思いみたいなかたちで終わってしまったけど、これも久々に味わったひとつの清い恋。彼に多大なエネルギーと時間を使ってしまったことについては、悲しくなるから後悔しない。後悔を認めてしまったらあまりにも自分がかわいそう。だってこんな自分でも、私は自分がかわいくて大好きなのだから。

もう未練はない。もうストーカーみたいに、彼のまわりをウロチョロしない。いい加減に目を覚まさないと。そう思って視点を切り替えて、いま一度社内を見渡すと、案外、未婚の二十代、三十代の独身男性は少なくない。大勢いる。

世間では、女が男を選ぶ時代という。

お嫁さんのきてがない、結婚できないという男性が溢れていて、みんな困っているという。確かにそうかもしれない。でもそれは世間の話。非婚も晩婚も進んでいるのがいまどきの結婚事情なんだろうけど、私はその反対で苦しんでいるのだ。

SOSは私。「結婚」「養子」という言葉が、自分に取り憑いたように頭から離れない。

ひょっとして会社の中に、もっといい人がいるかもしれない。気の合う人で養子になってくれる人がいるかもしれない。そう思い直して改めて一人ひとりの男性に目を向けてみる。

清潔そうなシャツとかっこいいスーツに身を包んで靴もきれい。足元に余裕がある。仕事もできるみたいだ。冷静になってまわりを見るとそんな人は何人もいる。

結構いるじゃない。

けれども、何かちがう。素敵に見えない。どうしてもときめきを感じるものがない。

なぜ彼らが素敵に見えないか。

その「なぜ」を見つけるのに要する時間は、数日も観察すれば十分だった。

例えば昼休みのオフィス。男性社員がかたまるデスクの島に目を向けると、視力二・〇の眼が、疲れてのんびりするおじさんをそのまま象徴するような光景をとらえる。

若いのに楊子をくわえてランチから戻ってくる人。人前で平気でパチパチ爪を切る人。手も当てずに大きなくしゃみや咳をする人。もっと最悪だったのが、結構いいなと思っていた人が、お茶でくちゅくちゅと口をゆすぎ、鼻の下を伸ばしてノートパソコンをのぞき込んでいたこと。ひと目で幻滅してしまった。ああもう目に付くところをあげたらキリがない。みんな自分の部屋や家と勘違いしているのか、とにかくいまの職場には無神経でデリカシーに欠ける人が多いことにはがっかりさせられる。ひと言で言ってしまえば、要するに、彼らには「男の色気」というものが感じられない。

フレッシュな香りが残る新入社員はまだいい。けれども結婚相手として考えるには、彼らは若い。若すぎる。自分と同じくらいの歳の人は幼くて子供っぽく見える。頼りなさそう。

しかし彼らを除くと、つまり入社して五年十年たった人は、なぜかみんな色気がなくなってしまっている。人間的な魅力というか、男性らしい、男という魅力が、日常の身のこなしや話し方などに感じられない。どうもおじさん臭く感じられてしまう。……どうして?

仕事が忙しすぎて、あの少年の輝きをどこかに置き忘れてしまったのだろうか。それとも、形だけつくろって、中身は自ら捨ててしまったのだろうか。

勝手に様子をうかがって失礼だとは思うけど、残念ながら社内の男性はそんなふうにいまひとつ、女性心理をわかっていなさそうな人たちばかりなのである。

思い込みとは実に不思議。いったんそんな色眼鏡で見てしまうと、ますますみんなが皆、おっさん臭く見えてくる。

ああダメ、ダメだ。やっぱりこの中にはいないか……。みんな輝きをどこに捨ててきたの。

それにしても、一人娘はともかくとしても、少なくとも私に養子、後継者という条件さえなければ。自分にも選ぶ権利があるとはいえ、やっぱり来ていただく側だから、ある程度のことには目をつぶらないといけないかもしれない。

ああ、誰かこのSOSを受け止めてくれる人、いないのか。

長い長い、永遠と思われるほど長い夜を、ひたすら目をつぶって、朝を待つ。

またひとりの長い土曜日がやって来た。つらい。

遅い朝食を済ませたあとは、またゴロ寝。ため息をくり返し、ただこうしてぼーっとしてるだけ。何も見えてこない、何も浮かんでこない、新しい元気が一向に出てこない。

窓の外はグレー一色の雨模様。部屋の隅にあるのは憂鬱の塊。つまり私である。

ダメだ。だるい。とにかくだるい。コーヒーカップを持つ腕さえだるく感じられる。心のエネルギーはゼロ状態で、完全に、燃え尽き症候群の仲間入りになってしまった。

麻美はクッションを抱え、またソファの上でネコになった。

親元離れたひとり暮らしも、彼氏がいなければ淋しくて虚しいだけ。

それに、こんな立派なマンション、ひとりでいても、広すぎて精神衛生上良くない。休日は怖くなるほど外も静かで、シーンとしているから、住み心地も良さそうで悪い。

ああ、くる日もくる日も白い壁ばかり見つめて、一日じっとしていると頭がおかしくなりそうだ。ノイローゼになりそう。

どんなにつっぱって、強がりを言っても、しょせんは女。

一見、自立しているように見えるキャリアウーマンだって、きれいにカッコよく装っているだけで、その心はピンヒールのように細くてモロイのだろう。そう思う。

寝転んで手鏡を持ち、素顔の自分を見つめながら、いま、人生をはじめて深く考える。

家を継ぐ。結婚。養子。こんなこと、それこそ母が亡くなる前までは、人間いつかは死ぬ、というレベルの感覚でしかなかった。

現実感を伴わず、普通のＯＬたちと一緒に、自由奔放に生きてきた。

何人かのボーイフレンドと適当にだらだらと遊んで、楽しくやってきた。

そうやって、みんなと同じだと思っていた。一緒だと思うようにしてきた。

親の死や結婚なんて、まだまだ先のことだと思っていた。

それが、見たくなくても見なければならないという、逃げていた現実に直面。

一転して世の中の見え方が変わった。これほど人生の危機が身に迫ったのははじめてだ。

何でこんなに早く逝ってしまったの、と母を少々恨んでしまったこともある。

これまで、自分は少なくとも何事も責任を持ってやってきたつもりだった。

しかし、それは間違っていた。自分は単に、世間知らずで、おバカさんだったにすぎない。

無知で未熟で、すべてのことに対して、考えが甘かっただけなのだ。親の庇護のもと、ただ何となく目の前の「いま」だけを生きてきただけのこと。

何やってきたんだろう。いままで。

振り返ると、そこに、何か大切なものをたくさん置き忘れてきてしまったような気がする。

自分が歩んできた道。進んでしまった時間を戻したい。

「色気がない」「おっさん」だなんて、人のことを批判ばっかりして、じゃあ自分はどうなのだ。よく人のことを言えたものだ。

そう。最近の自分は、いつまでも些細なことが頭から離れなかったり、職場においても人の目や言葉が気になって、神経が過敏になっている。異性と心を通わせることすら臆病になっている。以前の弾けていたときのことを思えば、いまの自分なんてとても信じられないし、肉体的な記憶は欠片もなくなって、今では処女同然の感覚になってしまった。ああ……だるい。

そう言えば、お父さん。

自分のことよりも、急に父の顔が浮かんできて、身体の調子のことが心配になってきた。

いまごろ何してるんだろう。

母が挿し木した賑やかな庭。きっと見ごろをむかえた秋桜の言葉に耳を澄ませながら、静かにその手入れでもしているんだろうけど、大丈夫かな……。

久しぶりに来週、成城の家へ、様子を見に行こうか。

でも、結婚への成果は何もない。逆に後退。白紙の状態にしてしまった。家へ帰っても何も報告することがない。父を失望させ、悲しませるだけだ。会社の将来はどうなる。それを思い出したらまた落ち込んだ。

ああ途方もなく一日が長い。不幸について考えていようと思えば、いくらだって考えていられる。頭の中には何人もの自分がいて、一体どれが本当の自分なのかがわからない。

一体、どうなっちゃったの？　自分の頭の中は？

ああ、もうやだ、やだ、やだ。寝癖のままの髪をかきむしる。

これなら出勤してたほうがまし。仕事したい。バカみたいに仕事していた方が気が紛れる。

あーあ、早く明後日が来ないかな。これは間違いなくノイローゼの一歩手前、ストレスからくるプチ鬱だ。部屋に充満した行き場のないため息に、押しつぶされそうになってきた。ダメだ。このままでは本当にダメになる。このままいくと絶対病気になってしまう。

とにかく何でもいいから、日があるうちに外に出て、頭から否定的な声を追い出さないと。暗くなると、もっと身も心も萎縮して淋しくなる。ひとりでいるのが耐えられない、怖い夜がやって来る。やばい。

そう思ったとたん、身体が勝手に動きだした。

ようやくソファーから跳ねるように起きた麻美は、その場でイージーパンツを脱ぎ捨てた。身だしなみを整えるのも面倒だ。上はこれでいい。薄ピンクのタンクトップはそのままに、寝室のクローゼットへと走る。早くここから出たい。脳細胞にあれこれ考えさせないほど素早く動いて、下はダメージ加工の擦り切れたデニムに脚を突っ込んだ。髪に手グシを入れて、すっぴんのまま黒いメッシュのキャップをつかむと、そのまま鏡も見ずに玄関へ。まるで遅刻しそうな朝のようにスニーカーをはく。ドアを開けて閉める。ああエレベーターを待つのも面倒だ。よし階段だ。今度は誰かに追いかけられているように自分を欺いて一気に階段を駆け下りた。よし出口が見えた。もう少し。全速力でエントランスを突っ走った。

じゃーん。やった。脱出成功。独房から脱走したかのような気分だ。

マンションを飛び出した麻美は息を切らし、ひとり呟きながら、とりあえず当てもなく歩きはじめた。

とにかく歩きたい。歩くんだ。妙に赤味を帯びた辺りが気になって、まぶしさに眼を細めながら空を仰ぐ。

きれいだ。

いつのまにか顔を出している太陽が、空をオレンジ色に染めて、今日最後の演出に入ろうとしている。雨雲はすっかりどこかへ消えてなくなっていた。

飛び交う赤トンボの群れが、雨上がりを待っていたかのように舞い踊る。やっぱり外に出てよかった。

もうあまり先のことを考えるのはよそう。つぶれてしまう。わからないことを、わからないままにしておくことも、人生ときには必要だ。とりあえずは、まず目先のことを、その都度考えればいい。変に気負わなくてもいいんだ。

駒沢公園の、なだらかに曲がりくねった道を、やさしい風が通り抜ける。光と影がたわむれる緑の中を歩いていると、気分が少しずつほぐれていくのがわかる。梢《こずえ》にとまる小鳥たちのさえずる歌を聴き、波紋のように広がる色とりどりの花に目を休め、秋の寄せ植えに鼻先を近づける。見えるもの、聞こえるもの、触るもの、すべてが、言葉を持って語りかけてくるようだ。

誇らしげに咲いている秋のバラも美しい。葉からこぼれ落ちる一滴の丸い雨水。一滴といえどもちゃんと自然の法則に従っている。

そうだよな。自然。自然でいい。人も自然の一部。人の一生にだって、きっと四季がある。春、夏、秋、冬。人は一生のうちにそれを何度もくり返す。それなら我慢できる。そう思えばいまも耐えられる。自分にとっていまが冬なら、春を待てばいい。春が来ることがわかっているのなら、冬の厳しい寒さにだって耐えられる。

立ち上がって、水たまりに映る小さな世界から目を離し、当てもなくぶらぶらと道なりを歩く。何だかとっても気持ちがいい。森林浴がこんなに気持ちいいものだなんて、忘れてた。

木漏れ日の、ゆらゆらと揺れる光に目を細め、陰影をスキップして踏んでみる。

あー、ほんと気分がいい。土を踏むのも久しぶり。

あれっ、小石の陰から何か黒いものが跳ねた。

ハハハッ、こおろぎだ。

昼寝から覚めたこおろぎがぴょんと跳ねた。ごめんね、こおろぎさん。起こしちゃった。ハハハッ、身を小さくしてじっとしている。いまの私みたい。これも雨上がりの一期一会。

「あなたもがんばって、こおろぎさん」

麻美は立ち上がって、両手を天に向かってぐっと伸ばした。

残りわずかな木漏れ日に顔を当て、大きく息を吸って吐く。

しっとりとした、ひとりぼっちの夕暮れも、結構いいもんだ。久々に自分の存在が気持ちいい。思わず心がスウィングしたくなる。どういうわけか、母校だった小学校の、懐かしい校歌が浮かんできた。風にメロディーが流れて、音符が舞いだした。

まだ歌えるかな。歌いたくなった。

上を向いた麻美は、漂いはじめた涼気の風を、肌で感じながら、それをくちずさんだ。

霧の晴れゆく
朝空に
新し希望の
しあわせを……

玉川通りに出た。少し先にファミリーレストランが見える。ときたま入る駅前のファミレスだ。

そう言えば、おなかがすいてきた。歌い疲れてのども渇いた。ちょうどいい。今夜の夕食は軽くここで済ませよう。

麻美は黒いキャップを深くかぶり直して、ドアをゆっくりと押した。

「いらっしゃいませ。おひとりさまですか」

「あ、はい。あの、できれば窓際の席がいいんですけど」

「かしこまりました。どうぞこちらへ」

今日初めて人としゃべった。まともに人とやりとりする自分の声を聞いて、ちょっと安心。愛想のいい、キュートな彼女がエスコートしてくれたのは、ひとりでいるにはいちばん居心地のいい窓際の角。ここなら外も見えるし店内もすべて見渡せる。ようやく見つけた自分の居場所。行き場のないつらさを打ち消すにはちょうどいい空間だった。

「ご注文はのちほどうかがいにまいりますので」

「いえ、もう決めてますから。ええっと、生ハムとメロンのイタリアンサラダ。それとペペロンチーノ。あとはアイスコーヒーで。あ、その前に赤ワインをグラスで一杯ください」

前に来たときもここで同じものを食べておいしかった。これでいい。日も暮れた。お酒もちょっと飲みたい気分だ。外も仄かに暗くなってきた。

土曜日の夕方。店内はひときわ賑やか。そのざわめきに、心がだいぶ落ち着いてきた。明るいせいか、何だかまわりがよく見える。

麻美はゆっくり客の一人ひとりを眺めた。

週末なのに、向かい合って忙しそうに打ち合わせをする、スーツ姿のサラリーマンたち。

まだ片づけが済んでいないテーブルに、勝手に来て座ってしまうオバサンのグループ。

オーイ、水くれ。大声で叫んだ初老の派手なオジサンは、すこぶる元気で、いままた目が合った。彼はたまにこちらを盗み見るようにして、エッチな視線を送ってくる。

子連れのファミリーで来ている髪を縛った若いお母さんは、おしぼりでテーブルをごしごしと入念に拭き直している。

その隣は部活の帰りか、股を広げてケバいメイクでメールにふける茶パツの女子高生たち。……自分も昔はあれに近かった。一時期、悪い男友達と深夜の徘徊をくり返して、さんざん母を心配させたこともあった。いまにして思えばとことんグレずに、危険な遊びに手を出さなかったのも、母のおかげかもしれない。やさしいけれど、うるさいぐらい品格を求めた、厳しい母でもあった。往復ビンタ。あのとき叱ってくれた母の顔がはっきりと目に浮かぶ。

オバサングループの数人が、眉を吊り上げて肩ごしに彼女らを見ている。チラチラと見ては顔を近づけあってヒソヒソと何かをささやき合う。それはまるでPTA会議さながらの様相。何をしゃべっているのか手に取るようにわかるのが面白い。あの人たちもときには自分の娘にビンタをはるのだろうか。

麻美は人々の心象を見透かしながらワイングラスを傾けた。

時間の流れは同じでも、その流れ方はみんな人さまざま。百人百様。すべて背景がちがう以上、人の人生は参考にならない。言えることは誰ひとりあと戻りはできないことぐらいだ。

言葉では言い表せない感覚のレベルだけど、自分がこれまで何を見て、何を見てこなかったのか、だんだんわかってきたような気がする。重たかった頭の芯のもやもやも、少し軽くなってきた。

商談を終えたらしいサラリーマンが席を立つと、ほどなくして次のお客が案内された。今度は二十歳前後の学生らしい男女。座るなり、ただ沈黙して見つめ合う。わっ、ラブラブ。すごい。見てる方が照れてしまいそうなカップル。目のやり場に困ると思いながらもついそっちに目がいってしまう。いーな、あのふたり。あそこだけ時がゆっくり静かに流れている。おそらくいまがピークでいちばんいいときだろう。ふたりだけの世界に入る彼と彼女が羨ましくてしょうがない。

恋は砂糖細工のお菓子のようにモロいんだけど、甘くてたまらないもの。それは捨て身という、純粋思考であるときほど甘く、相手の匂いが身体に染み込めば染み込むほど心も溶けていく。愛が進み、相手が自分と同化してくると、相手の身体さえ自分の身体の一部になってしまったかのような感覚に陥る。愛とは瞑想であり、愛こそが本物の魔法なのかもしれない。

ウェイトレスが前を通った。

「あ、すみません。あの、ワインをもう一杯」

「かしこまりました」

かわいい子だ。最高の笑顔で彼女は立ち去った。

麻美は背筋をぐっと伸ばしてから、頭の後ろで両手を組み、改めて店内を眺め回した。

……いろいろな人間がいるんだ。シナリオは人によって全部ちがう。自分は自分の人生の役割を精いっぱい演じなきゃ。つぶやいた麻美は、ようやく出口が少し見えたような気がした。


その夜、眠りに落ちていく途中、意識のどこか深いところで、木と木が擦《こす》れ合う音がした。それは遠くて懐かしい、自覚する以前の、幼い身体にすり込まれた柔らかい感覚。

……母が静かに、ゆっくりと襖をひいている。

赤ん坊の頃、寝ぐずりがひどかったらしい。

小学校に入るまで、母は毎晩添い寝して、絵本を読んでくれた。

「これはほんとうにあったお話です。むかしむかし、あるところに、アリエルという、とってもかわいい女の子が、海の中に住んでいました。その子は………」

おもしろいお話。ふしぎなお話。少しだけ怖い話。

ささやきかけるように、耳もとで小さく語る声に、いつのまにか眠くなる。

やがて本を置いた母は、布団に柔らかなぬくもりを残して、そっと立ち上がる。

それから聞こえてくる、最後の音。

きょうもまた聞こえるかなと思う音に、何となく耳を澄ます。

畳がきしむ間が、少しあって……。

ああやっぱり、した。

すーっと、ゆっくりと閉められる、襖の音。まぶたのどこかで、やっぱり聞こえてきた。

毎日、そうして一日が終わり、安心して、明日の朝まで眠った。

木と木が擦れ合う、あの音の中にこそ、愛情をはらんだ、母のやさしさがあった。

お母さん、あの頃に戻りたい。

もし不思議な力があったなら、いますぐにでもお母さんのところへ、会いに行きたい。

話し疲れるほどしゃべって、一緒にひとつの布団に入って、何も考えずに、寝たい。

お母さん、あの頃に戻りたい。もう、家に帰りたい。


――あさみ――

母が呼んだ。

遠い日の、あの声がした。

ああ、あたたかい。お母さんが、そばに来てくれた。

……手をひかれて校門を、くぐる……あぐらをかいた、お父さんの中で、無邪気にはしゃぐ
……お母さんが笑いながら、リンゴを持ってきた………

リンゴをひと口かじった麻美は、夢の中を走り回った。

9　見えない明日

「ちょっとあなた、割り込まないでくれる。私、まだ使ってんだけど」

「そーゆーあなたこそ。いつまで使ってるの、その赤いボールペン。私のなんだけど」

麻美は反射的に言い返していた。

夕方にさしかかる、誰もが最後のオーダーで忙しい四時を過ぎた頃。ファクスの前でのやりとりだった。ざわついていた集中モニターの一角は、負けずに言い返した麻美のこのひと言で、時間が止まったように静まり返った。

相手は三十七歳を過ぎたという営業アシスタントのリーダー、君島零子《きみじまれいこ》。独身主義なのかどうか知らないけど、見るからに神経質で、かわいくないシングル女。

彼女は今朝もエレベーターで足を踏んだのに関係ないふりをした。おかげで気分の悪い一日のスタートだった。それを思うと神経が逆立った。累積した負の感情が一気に爆発した。もともと彼女とは、水と油。もう目上も目下も関係ない。

異常に神経が高ぶった麻美は、再びレベルの低い会話に挑んだ。

「ベテランさんにしては、ちょっとお行儀が悪いんじゃないですか」

「どういう意味よ、それ」

「足を踏んだときぐらい、謝ったらどうですか」

「……………」

年下から人前で言われたことがよほどショックだったのか、君島は真っ青な顔で一瞬絶句した。ひがみ。ねたみ。憎しみ。いろいろなものが彼女の瞳の中に見えた。

「……言ってくれるわね。あなたのような教養のない人間に、言われたくはないわ」

ひるんだ表情になっていたのも束の間、君島はすぐに猛烈な勢いで反撃に出た。

「だいたいさ、何で私があなたなんかに言われなきゃなんないの。行儀が悪いのはあなたでしょ。チャラチャラして。毎日何しに来てるの？　ここは会社よ、みっともない。この際だからはっきり言わせてもらうけど、あなたのような人がいるせいで、みんなの風紀が乱れるの。迷惑だわ」

敵意に満ちた、燃えるような眼で一気にまくし立てられた麻美は、さすがにすぐには返す言葉が見つからなかった。

「あなたさ」

君島はボールペンで麻美を指しながら、なおも続けた。

「どうやってウチに入ったの？　おかしいわ。入るときに人事に色目でも使ったんじゃないの？　どんな躾《しつけ》を受けてきたかしらないけれど、いやらしい人だわ」

目をつり上げて感情をむき出しにした君島はそう言いながら、握っていたボールペンに視線を移した。

「こんなもの」

投げつけられたペンは麻美の胸に当たって、プラスチックの安っぽい音を立てて床に落ちた。

わかった。もういい、充分だ。いま決心がついた。でも、体裁ばかり気にして、かわいく振る舞えないあなたは、私以下、半額の値打ちしかないわ。そう思い直して、心に余裕が生まれた麻美は、君島に向かって、穏やかに笑い返した。

そして、ゆっくりと腰をかがめてペンを拾い、淡々とした口調で彼女に言った。

「どうもありがとうございます」

もう何も怖いものはない。目を見開いて硬直する君島に、麻美はもう一度微笑んだ。

自分の仕事を終わらせ、そそくさと退室した麻美は、ひとりビルの屋上に上がった。

はぁー。とうとうやってしまった。これでほんとに四面楚歌。でもこれでいい。

いままでは何とかカラ元気を出してがんばってきたけど、さすがにもう我慢の限界、耐えられない。

あの君島零子の口コミのせいで次々に尾ひれがついて、いまや社内での私のキャラはメチャクチャ。女子社員をまとめる、彼女の政治力は相当なもの。集団心理と仲間意識を絶妙にコントロールする。けれど、私はその中に埋没する気はさらさらない。まっぴらごめんだ。

三十七歳と言えば、女としての折り返し地点を少しまわったところ。彼女が独り身であれこれ思い悩んでいることはわからないでもない。見ていて痛々しい。でも、それをこちらにぶつけられても困る。私だって、人には言えない自分の背景に悩み、背負った運命と闘っているんだ。

麻美は、大きな深呼吸を二度三度くり返してから、手すりに両肘をついた。

何本もの、白くそびえるビル群が、みるみるオレンジ色に染まっていく。それはやがて赤みを帯びて、暗赤色になる。

ビルがひしめく都会はいま、まさに冷たい空気をはらみながら、闇に包まれようとしている。

眼下には、一日の仕事を終えたサラリーマンたちの群れが、黒い波となって、もくもくと帰途を急ぐ。みな帰るところがある人たち。

頬に冷たい横風を受けながらじっとしていると、膨らんだ焦燥の塊は、いつしかどこかへ消えていった。

それにしても、ツキというか何というか、とにかく、運がない。いつから私は運に見放されてしまったのだろう。主体性のない生き方をしてきたぶん、そのツケをいま払わされているのだろうか。何であれ、女神の悪ふざけも、ちょっといいかげんにしてほしい。

麻美は、手前のビルに、焦点を合わせた。

未完成の、パズルのようにはめ込まれた窓という窓が、闇に浮かび上がってくる。そのひとつひとつのピースの中に、さまざまな人間模様が見てとれる。

神の存在など、これまで真剣には信じたことがない。人の精神は脆い。神は、救われたいという人間の弱さ、依存心から創造された幻想に過ぎないと思ってきた。

でも、もし神がいたとしたら、彼らはこんなふうにして、まるでひとつのドラマでも見ているかのように、ただ黙って、人の人生の成りゆきを楽しんでいるだけかもしれない。

そのドラマが退屈であれば、チャンネルを変えるように、簡単に、ちがう窓の人生模様に目を向ける。主人公が、活躍すれば拍手喝采し、苦境に立たされればともに嘆き悲しむ。

また、神は時として、自分たちがドラマを楽しむために、我々人間をチェスのコマのようにあっちへやったり、こっちへやったりして喜んでいるのかもしれない。

人をもてあそぶのが神なのかもしれない。そんなふうに思えてくる。神を信じない人間には奇跡は起こらないのか。いや、そんなことはない。人を導くものは意志であって、運命なんかじゃない。そう思いたい。

とにかく、さっきの、あの最上級の侮辱。彼女は私を「教養のない人間」と評した。あんな人格否定のレッテルを貼られてまで、ここでがんばる必要はない。こんなの無駄なキャリア投資だし、時間を無駄に使っているだけ。何の価値もない。もうこれ以上、いまという貴重な時間を会社の仕事のためだけに費やしたくない。毎日、ただ漠然と業務をこなして生きているだけで、状況は何も変わっていかない。無意味だ。

辞めよう。会社なんて。いま、気持ちの整理がついた。心の中の、何かが吹っ切れた。

そもそも、会社という狭い範囲なんかで、安易に結婚相手を見つけようとしたこと自体が、はじめから間違いだったかもしれない。そこからすべてがおかしくなった。運に見放されて、こんな苦しい結果を招いた。

それに、もう終止符を打ったとはいえ、いま思い返すと、本当に安田さんのことが好きだったのかどうかさえ、あやふやで確信が持てなくなっている。私はなぜ、彼に固執してきたんだろう。もしかしたら私は彼に、とんでもない身勝手な願望をぶつけていただけなのかもしれない。そう思えてくる。

麻美は夜空を見上げ、明るい星のひとつを見て、つぶやいた。

「ああ、ごめんね、お母さん、………お父さんも」

あんなマンションなんか出て、もう家に帰ろう。お父さんのそばにいてあげたい。母の心が残る、母の心が息づくあの家に、帰りたい。つながった家族の輪の中に、いたい。

そして、絶対、もっといい女になってやる。もっといい女になってみせましょう。

目を凝らせばきっと新しい何かが見えてくる。自分はまだほんの一部の世界しか見ていない。視点を変えれば、また新しい視界が開けるはずだ。この性格は変えられないけれど、視点は変えられる。私は私で自分の生き方をつくっていけばいい。私は負けない。

そのとき、背後でコツコツと音がして、うなじの辺りに視線を感じた。

我に返り、振り返った麻美は、闇の中から、ふっと現れた影をとらえた。

「さっき言い合ってただろ、彼女と。ちょっと気になって来てみたんだ」

静かな足音を伴いながらその声は近づいてきた。

「……安田さん」

麻美は声を震わせた。

彼は確かさっきのやりとりをデスクからじっと静観していたように思う。みっともないところを見られてしまった。でも、もういい。自分はしょせんこのレベルだ。

「……お騒がせして、すみませんでした」

「いいんだよ。別に僕に謝ることはない。でもさ、よく言ったよね。他の女の子たちはみんなずっと我慢してるのに」

安田は意外にも、少し愉快そうに声を上げ、あとを続けた。

「彼女の顔をつぶしたのは、君がはじめてだよ。何だか僕もすっきりした」

「は?」

「同じだよ」

「えっ?　同じ?」

「そう。僕も同じ。彼女、年上だしさ、僕だってやりにくいよ。彼女が以前、僕のアシスタントだったとき、こっちがやることに、いちいち口出しして、どうでもいいことまで虫眼鏡を当ててくるからさ、なんかやりにくくって。それに、変にプライドも高いし。僕が入りたての頃はああじゃなかったんだけどなぁ……年々神経がとがってきてる。まあ、小早川さん、腹の立つこともあるだろうけど、気にしないこと。彼女なんかほっとけばいい」

「……」

「あれ？　どうかした？」

「……安田さん」

「ん？」

「私、いまさら腹なんて、立ってませんよ。ただ……」

「ただ？」

「辞める覚悟をしたかったんです」

「ええっ！　辞めるの？」

「……はい。安田さん、本当に突然で申し訳ないんですが、私、会社を辞めようと思ってます」

安田は あ然として麻美の顔を凝視した。

「……ごめんなさい」

「……何でいきなり、冗談だろ、そんな一時の感情で……まさかいまのことが原因？」

「ちがいます。さっきのは、別に辞める理由じゃありません。もっとも、私はいま、確かに女子社員の中では孤立してて、仲間外れの毎日ですけどね」

「うん。それは見てて、何となくわかるよ。女同士って、いろいろネチネチしてて、いやらしいからな」

うなずきながら、安田は苦笑まじりに言った。

「でも私、そんなことだけで会社を辞めません」

「じゃあ『辞める理由』は他に、何がある？　辞めることは君だけの問題じゃない」

彼に必要とされているのはうれしい。でも、どう考えてももう限界だ。自分が溺れているのに人に浮き輪は投げられない。いまは自分のことで精いっぱい、会社のことと割り切って、自分の将来のことを優先しなければならない。

「……わかってます。それは。私がいま辞めて、いちばん困るのは安田さんですから……」

「………」

「父が……父の身体の具合が、よくないんです」

「お父さん？　……ああそうか。そう言えば小早川さんはうちの課に来る少し前にお母さんを亡くされたんだったよね。それで、お父さんは確か、ひとりで暮らされてて……」

「ええ、そう、そうなんです。母を亡くしてからは、元気がなくなった父にも、いろいろ悪いことが重なってしまって……去年の暮れ、ついに胃の手術をしました」

「……そうだったの」

「はい。父も六十を過ぎてからは、ちょっと疲れ気味です。それに、……小さな商売も、まだやっておりますし……」

「ショウバイ？」

「あ、いえ、……その、何て言うか、ちっちゃな、個人商店みたいなもんです」

「……ふーん、そう。それははじめて聞いたな」

「ですから私、そろそろ、ひとり暮らしなんかやめて、家に帰ろうと思ってるんです。成城の家へ帰って父と暮らします」

「成城か。でも、成城からなら、十分通えるじゃない。実家から通勤したってたかがしれてる」

「そういう問題じゃないんです。父の身体も心配ですけど、仕事の方も大変そうにしてるから、少しは手伝ってあげようかなって。……それに安田さん、私、いったんピリオドを打ちたいんです。いままでの自分に」

麻美は、心の扉に鍵をかけるかのように、きっぱりと言い切った。自分にけじめをつけるためにも。

「……」

深いため息と沈黙。彼が何を考えているのかがわかる。ひきつった彼の表情には胸が痛む。いまの配置からいって、私が辞めたあとの引き継ぎは、きっとまた以前のアシスタント、あの君島零子にちがいない。しわ寄せは全部彼に行ってしまう。

やりにくいだろうな、彼。それだけが気がかりである。

彼からしてみれば、私なんか、「立つ鳥あとを濁す」という状態だろう。

でも、いまは彼のことを考えてあげる余裕はない。私はそこまで心の大きい人間じゃない。

自分のことを心配しなくては。

「……安田さん、私にもいろいろあって……とにかく言葉にするのは難しいんです」

腕組みをといた安田は、「……わかった、それなら仕方がないね」と、夜空に目をやりながら、曖昧にうなずいた。

「安田さん、本当に突然でごめんなさい。いろいろ仕事、教えてもらったのに」

「あっ、ああ。正直な気持ち、ほんとに残念だよ。せっかく慣れてきて、これからっていうときなのにね……で、いつ？」

「できれば来月の、十一月いっぱいくらいで」

「……そうか。もうあんまり時間がないね。でも辞めるぶん、お父さんを大切にしてやれよ」

「はい。もちろんです。……ありがとう、安田さん」

麻美は安田から目をそらし、うつむいて答えた。

あなたも彼女のことを大切にしてあげてね。いるんでしょ？　彼に入り込んだ人を、いまさら恨む気はない。麻美は舌をかんで涙をこらえた。

何でもないふりもここまで。崩れそうで、もう彼の前で立っていられそうにない。それに寒くなってきた。足先も肩も、冷たくなってきた。

「……安田さん、そろそろ戻りません？　私、寒くって……」

声を震わせた麻美は、腕組みをしてブラウスをさすり、夜空のむせび泣く星を見た。

「いや、僕はもう少しここにいる。……先帰っていいよ」

安田は振り返ることなく、ネオンが灯る新宿の街の方を見たまま言った。

……それじゃあ、安田さん、お先に失礼させていただきます……。

麻美は安田の背中に向かって頭を下げたあと、屋上のドアに向かって一気に駆けだした。

ああ、痛い。どうしようもなく胸が痛い。どうしてこんなに痛いの。はりさけてしまいそう。

まぶたの裏にたまっていた涙が、どっと溢れ出た。

人は肉体があるから痛いんじゃない。心があるから痛いんだ。

別れが思い出のすべてを消せるなんて、どうして言えようか。

麻美は泣き濡れた頬をぬぐいながら、階段を駆け下りた。


家庭の事情ということで、退職願はすぐに受け入れられた。

社長も素知らぬ顔で、通りすがりにポンと肩を叩いただけで、暗黙のうちに了承してくれたようである。

あと十日。辞めた翌日はもう十二月。会社はクリスマス商戦や初売りの準備なんかで、暮れまでバタバタと過ぎる。よく考えれば、これは一層ヒンシュクを買う、最悪の辞め方である。

でも、辞めてしまったらもう関係ない。そこから先のことなんて、こっちは考えなくてもいい。

職場の女友達で、自分のことを一番の友として見てくれている人なんて、当然、ひとりとしていない。それに、ここは会社。辞めていく人間のことなど、誰もいちいち真剣に心配したりはしない。

年が明けたら、みんな私が会社にいたことなどすっかり忘れてしまって、春に新入社員でも入ってくれれば、もう自分はとっくに過去の人になっていることだろう。こんな時代だ。人はみんな自分のことで精いっぱいなのだ。忙しいのだ。ちょっぴり淋しい気もするけど、それでいい。会社組織とはそんなもの。

私のことを本当に愛し、必要としてくれているのは父、お父さん、ただひとり。父だけが愛に満ちた励ましで私を見守ってくれている。他には誰もいない。

それに、しばらくの間は結婚、結婚ってバカみたいに悩むのはよそう。もう疲れた。

結婚すると決めたからといって、そう簡単にパートナーが見つかるわけではないのだ。

そのうえ自分の場合は、どうしても逃れられない、特別な条件だってある。

結婚。この言葉がどれだけ自分を迷わせ、惑わせてきたことだろう。

だいいち、一体、何のために結婚するのか。何度考えても納得できる答えが出てこない。自分のためなのか、父のためなのか、それとも会社のためなのか。何が何だかわからなくなってきた。もし自分が、そのすべてを真剣に望んでいるのであれば、そんなものはそれこそ、奇跡の中の奇跡。どこに、そんなパートナーになりえる人がいる。神の力を借りたとしたって不可能に近い。

結婚なんて、ひと言で言ってしまえば、巡り合わせ、「運」だ。相手があってのこと。努力の範囲を超えている。悩んで解決できる問題じゃない。一朝一夕にはいかないのだ。

そう思うと、結婚なんて最終的にできたらできたでいいし、できなかったらできなかったで「それも私の人生だ」とあきらめることもできる。慌てて無理に相手を探すことない。男も女も一生独身で通す人も多い世の中だ。そう、結婚するしないは、あくまで個人の生き方の問題、選択だ。背景なんか関係ない。もしいい人と巡り会えなかったら、父の会社だって、自分が将来、女社長としてやっていけばいいだけのこと。ど素人ではない。現場感覚だってちょっとはある。開き直りの精神も時には必要、いまさらジタバタしても仕方ない。自分がした判断は正しいと最後まで信じ込まないとこの先やっていけない。

だから、もう結婚を慌てたり、焦ったりする必要はない。ようやくそう思えるようになった。

まあ、あとは会うたびに父がうるさく言い続ける、孫の顔、だけか。これだって、いざとなれば、お見合いなんかをしまくって、パーティーなんかもじゃんじゃん参加していれば、そのうちきっとひとりぐらいはいい人に巡り会えるだろう。そう、きっとそう。そう思わなきゃやってられない。

現実のヒロインは、小説のヒロインのようにはいかないのよ。

でも、小説のヒロインならこんな場合、どうするのだろうか。

ねえ、どう思う?　誰か教えて。

10　忘れない光景

「安田、立ち上げたのはお前だろ、だったら、ケツを拭くのもお前の責任だろ」

あの表参道の店が、この十一月、二週連続して大きく目標の数字を下回っていた。昨日の日曜は、目標の約七〇%どまり。これまでにない落ち込みだった。

会社が、春のブライダルシーズンに向けて、この時期の売上目標を高く設定するのはわからなくもない。しかし、課長があの店に組んだ目標額は、「どう考えたって、ちょっとそれは無理でしょ」と思えるぐらい高かった。

出勤早々、常務に呼ばれた課長は、それについて厳しく追及された様子で、禿げた額をかきながら戻ってくるなり、彼を怒りの標的にした。

矛先を向けられた彼は「すぐ行って、店内の様子をチェックしてきます」と言って、慌てて飛び出していったまま帰ってこない。

とうとう最後の出勤日なのに、よりにもよって……。

だったら、一度でいいからその数字を自分で達成してみなさいよ。

課長の禿げた後頭部を見やりながら、麻美は、心で叫んだ。

彼こそ、「人に厳しく自分に甘い」を代表するような人間。いつも会社のためと言いながら、自分の都合だけで人を使っている。現場へ見に行くこともなく、汗をかくこともなし、業務はすべて部下に丸投げ。ただ座って、毎日新聞読んで、ハンコを押して、一生懸命やってることといえば、陰でコソコソ株や競馬のネットをやってることぐらい。おまけにケチなくせして会社のお金を使うことは大好きだ。

バッカじゃない。あんたが見に行けばいいのよ。

とは言っても、上司を選べないのが会社勤めのつらいところ。あんな怠慢課長の下で働く安田さんも、ほんと、しんどいんだろうな。彼の表情からは屈辱に耐える歯ぎしりの音が聞こえてきそうだった。

ああ、それにしても、彼にはちゃんとお礼も言いたいし、最後の挨拶もしたい。

早く帰ってきて。

三日前の、形ばかりのシラけた送別会は、一次会だけで終わり、互いに顔をそむけながらの君島零子との引き継ぎも、昨日で終了している。あとは総務に行って退社の手続きを済ませるだけで、もうやることは何もない。彼を待つだけのために、とても夕方まで社内にいることはできない。まわりの女性アシスタントたちも、「いつまでいるの？　仕事の邪魔、目障りだから、さっさと帰ったら」、そう言わんばかりの無言のプレッシャーをかけてくる。

お昼はひとりで近くのファストフードに入って食べて、そのあとも一時間ぐらいは何とかねばった。だけど、時間稼ぎももう限界。これ以上は待てない。誰がどう見たって、ここにいるのは不自然だ。

結局、お別れの挨拶はできなかった。ああ、これでほんとに彼とも自然消滅。ＯＬ時代に思いを寄せた、初恋のような熱心さでぶつかった、最後の人。明日からは彼と一緒に仕事してきた日々が、モノクロに変わっていく。もう彼の電話機を磨いてあげることもない。思い出が思い出を呼ぶ、愛があった場所。安田さん。がんばって。

引き出しの私物をショルダーバッグに入れ終わった麻美は、安田のデスクをチラリと見てから、静かに立ち上がった。

それではみなさん、いろいろと……。麻美は一人ひとりのテーブルを回りはじめた。

「あ、どうもお疲れさまでした、お元気で」

「ほんとに辞めちゃうの？　淋しいよなぁ」

「また、たまには顔を出してください」

「もう退職？　残念だなぁ……」

「お元気で。お父さんを大事にね」

「ほんとは寿退社じゃないの？」

社内にいた男性社員のみんなからは、温かくって、心のこもったいろいろな声や励ましの笑顔があった。うれしかった。思わず涙が出そうになるくらい。

対照的に、同性の人たちの、冷ややかでシニカルな笑い。彼女らの、意味ありげに視線を交わし合うしぐさの背景には、当然あの君島の、鋭い眼がある。

そして、その本人である君島は、こちらにちらりと上辺だけの笑みを取りつくろっただけだった。

いったん口に出したら、元には戻らないのが言葉。口走ったこととはいえ、あの「教養のない人間」のひと言は、一生忘れないわ。

ふーうっ。ついに辞めちゃった。

斜めから射す、晩秋の弱々しい光を背に浴びながら帰り道を歩く。乾いた木枯らしが吹くたびに、アスファルトを枯れ葉がかさかさと這い回って、寂しい音を立てる。四時を過ぎればみるみる暗くなる。

「寒い。早く帰ろう」

ジャケットの襟を立てた麻美は、刻々と暮れていく空を見上げて肩をすぼめた。

現実社会の散り際とは、こんなもんだ。でもまあ、ひとり寂しく散っていく一輪の花のほうが風情があるというものだ。

一度自由になってひと休みしたい、疲れ果てた心を休めたい、というのも本音。これでしばらくはのんびりできる。この状況を、落ちるところまで落ちて奈落の底をさまよっていると思うのか、それとも上か下か、右か左かと、自分がつくった迷路にただ迷っているだけだと思うのか、それは心の持ち方次第。

いまの自分は冬なのだ。必死になって、春という出口を探さなくても、いつかきっと、春は向こうからやってくる。寒さに耐えてでも、しばらくは風まかせで進んでいくしかない。自分を大人にしてくれるのは世間。私はずいぶん、私の知らなかった私、に会うことができた。うつむかないで歩いていける。

とりあえず、やるべきことは引っ越しの準備だ。年が明けたら、またマンションを賃貸で貸し出すと父が言っていた。来週からでも早速はじめないと。

そして、年が明けたお正月には、成城の家で、父と久々にゆっくり過ごす。ふたりで一緒にお酒でも飲んで、じっくりこれからのことを話し合おう。ちょっと冬眠、いい機会だ。

足下ばかりを見つめて歩いている自分に気がついて、麻美は顔を空に向けた。

妙に哀しい空。季節もいよいよ冬に入ろうとしている。

生きづらい世の中だけど、がんばろう。ため息を、少しずつでも、深呼吸に変えて。

これから先、たとえ思い煩おうとも、自ら決めて進む道こそが、正しい道、なのだろう。たぶん。

前方に延びる、まっすぐな道を見据え、止まっていた足を再び一歩前に出したとき、バッグの中で着信メロディーが鳴った。

メールだ。

麻美はストラップを肩から外し、ショルダーバッグの中をまさぐった。

……彼？　彼からだ。どうして……。

携帯の画面を見た麻美は、再び足を止め、慌てて、冷えた指先で画面をスクロールした。

「そろそろここを通る頃だと思ってさ。いま、目の前の公園にいる。渡したい物があるんだ」

えっ？　前の公園？

顔をあげた麻美の視線の先に、ベンチのそばでたたずむひとりの男の姿があった。

安田さん……

麻美は、道の脇にある小さな公園を前に、茫然と立ち尽くした。

やや緊張感を伴った足が、まっすぐこちらに向かってやってくる。

ああ、でも、なぜ……。

「いきなりバイバイっていうのは、やっぱりつらいよね」

コンビニの白いビニール袋を手にした安田は、麻美に近づくと、ニッコリと笑った。

「安田さん、一体、どうしたんですか？」

「その前に、ごめん。昼、まだなんだ。おなかすいててさ。すぐ済ませるから、ちょっとあそこのベンチに座らないか」

「ええ……」

ボリュームたっぷりのサンドイッチをほおばるようにして食べる安田を見て、麻美はくすっと笑った。

こんな時間まで、何も食べずにがんばってたんだ。並んで座る彼の横顔に仕事顔はない。無心でもぐもぐ食べている。でも、最後の最後に、彼の方からわざわざお別れの挨拶に来てくれたなんて、本当にうれしい、会えてよかった。片思いだったけど、彼はやっぱりやさしい人だった。

「ひとつ、食べる?」

「えっ、いいえ、私は……」

彼との間に流れるこの心地よい空気は何だろう。茶色い落ち葉が絨毯のように広がる、誰もいない閑散とした公園だけど、まったく寒さを感じない。

「さてと」一気に食べ終わった安田は、缶のコーラも一気に飲み干し、上体を斜めにひねって、眼差しをまっすぐ麻美に向けた。

「こう見えても仕事だからやってるだけで、昔から結構人見知りするタイプなんだ」

「え? どういうことですか」

安田はもぞもぞと上着の内ポケットに手を入れた。

「あのさ、いつかはゴメン。せっかく誘ってくれたのに。あ、これ、今度一緒に観に行かないか。さっき買ってきたんだ」

取り出したのは、二枚のチケット。オペラという三文字のカタカナが眼に入った。

麻美は自分の身体ではなくなってしまったかのような、ふわっとした浮遊感に包み込まれた。

「俺、マジで悩んだよ。辞めるって聞いたときさ」

「……すみません。これから忙しくなるってときに……」

「いや、そうじゃなくって」

「は？」

「明日から君がいなくなる心の痛みがどんなに大きいか、わかる？」

「………」

「実はさ」

安田は少し間をおき、ためらいがちに言った。

「正直な話、俺、以前つき合っていた人がいてさ、プロポーズしたことがあるんだ。もうずいぶん前。ちょうど君がうちの課に来る少し前のことだったんだけどね」

たとえようのない表情が広がっている安田に、麻美は困惑し、ただ、「そうだったんですか」とだけ返した。そうとしか言いようがなかった。

この人は、いまさらプライベートな話を持ち出してどうする気だろう。でもそんなことがあったなんて、ちょっと驚き。ショック。

でも、いま結婚してないっていうことは……。

安田は遠くを見てふっと笑い、麻美がそう思うのを待っていたかのように口を開いた。

「……それで、結果は、見事にふられた。見事にね」

ふられた？　なぜ？　何が理由で、彼はふられたのだろう。

「どうして……」

麻美は、自分の耳を半分疑いながらも、努めて自然体を装って聞き返していた。

安田は軽く咳払いをしたあと、麻美の視線を受けとめながら答えた。

「まあ、そのときは、いろいろと自分なりの夢を彼女に語ったんだけど、結局、最終的には、『家』だったね」

「家？」

「そう……家。だって俺、地方出身者だろ」

「ええ、でも……だから、何？」

「彼女は都内の実家に住んでる人でさ」

そこでいったん言葉を切った安田は、過去を懐かしむような眼で話を続けた。

「……知らなかったんだけど、彼女の家、結構な金持ちで、向こうのお父さんには、『住むとこも定まらんやつには、娘はやれん』って言われた。結局彼女にも、『気持ちはうれしいけど、やっぱりあなたとの結婚は考えられない。夢のために苦労するなんて、私、ついていけない』ってね。こっちは頭っから、賃貸のアパートかマンションでいいと思ってたから。それでそのとき思ったんだ。東京の女の子は、東京に家を持ってない男なんか相手にしないんだなって。だから……」

だから何なのだろう。

ふられた理由は一応わかった。でも、それで彼が一体何を言いたいのかが、ますますわからなくなってきた。彼はなぜそんなことを私に話しているんだろう、いまさら。

「……だから、白状するとこの一年、いや、まだ十ヶ月なんだけど、俺、毎朝早起きして新聞配達してるんだ」

「新聞配達？」

「うん。少しでも早くお金を貯めようと思って。それで、いつか小早川さんがオペラに誘ってくれたことがあっただろ。言おうかどうか、迷ったんだけど、実はあの土曜は、夕刊の配達もあったんだ。隔週だけど、土曜日は夕刊も配ってるから。だから行けなかった」

そうか、そうだったんだ。ようやくわかった。彼がなぜ急に早く出社するようになったのかが。そして、遅くなると目を擦って、すごく眠たそうにしていた理由も。麻美の頭には、語っても、語りつくせない思い出の日々が次々と浮かんだ。

「うまく言えないけど、この話の意味、わかってくれるかな?」

「えっ?」

「結婚を前提としてものを言ってるんだ」

はぁ? ケッコン?

安田はさらに眼に力を込めて言った。

「小早川さん、いや、麻美さん、……君さえよければ、……僕と、結婚、してほしい」

ウソでしょ! すごいショック!

安田の真剣な顔に釘付けになった麻美は、心臓が止まるほど驚いた。

「……安田さん、い、いきなり、何を……」

口を開こうにも、のどが塞がってうまく声が出ない。

「いきなりじゃない。二度目だよ」

「えっ？　二度目？」

「……いつか、言ったよね。『君の分も稼がないと』って。覚えてない？」

あっ。麻美は、瞬時にあの日を思い出した。はじめて高さのちがうヒールをはいて、コーヒーを運んだあの日を。同時に、一気に噴き出した汗が、玉となって胸の谷間を伝い落ちていった。

あぁ、何てこと。……思えば彼の普段のひと言ひと言に意味が重ねられていたような気がする。

心臓がどくどくと高鳴る音に、鼓膜が激しく打ち響く。急に言われても、頭が混乱して言葉が浮かんでこない。何を言ったらいいの。胸が苦しくて息ができない。どうしよう。

「思い出してくれたかな」

「……ええ、……はい……」

「あのときは、自分なりに、そういうつもりで言ってみたんだ。ずっと君のことで頭がいっぱいだったから。俺、自分で言うのはなんだけど、シャイなところがあるしさ。それに、うちの会社って、何かと社内恋愛には異常に敏感だし、うるさいだろ。だからもう、いつか、いきなり言おうと思って」

胸の中にしまい込んでいたものを、安田は一気に、吐き出すように言った。

「……で、でも、安田さん、別に、私みたいな女じゃなくても、……こういう仕事をしているんだから、もっと他の女の子と知り合うチャンス、多いんじゃないの？」

麻美はもつれる舌で、不安な声で聞き返した。

「うん、確かに一見そう見える仕事かもしれないけど、実際はそうでもないよ。意外と。いつも、ほとんど決まった人としか会わないし、結局、どこまでいっても、しょせんはビジネスの関係だけで、出会いのチャンスなんて、なかなかあるようでないもんだよ」

「……そう。でも、それって本当？」

「本当だって。そんなもんだって」

淀みない目。本気だ。彼は本気で言っている。ああ、何てことだろう。彼女はいなかった。

麻美は夢の中にいるような気がした。現実との区別ができないでいた。

安田は、「あっ、それから」と言いながら、再度上着の内ポケットに手を入れて、中から薄い冊子のようなものを取り出した。それをパラパラとめくり、真ん中辺りを開いて麻美に差し出した。

預金通帳……

「これ、マンションの頭金にしようと思って。まだ少ないんだけど……」

七桁の金額は、￥2，735，887——その横には………。

「三百万になったらって、思ってたんだけど。ちょっと間に合わなかった」

「……別に、お金なんか。家だって……」

麻美は、はさまれていた四つ葉のクローバーを見て、涙が溢れた。

「あ、それ、残しておいた最後のひとつ。配達の帰りにちょくちょく公園で見つけてきたやつの……」

「……うん」

「でもさ、いまはお金のためだけで新聞配達をやっているわけじゃないよ。そりゃあ最初は、毎朝早起きするのは結構しんどかったけど、最近はようやくそれにも慣れた。仕事前に自転車でひとっ走りすると、すっごく気持ちがいいんだ。逆に、いま配達を突然やめたら、身体のどこかがおかしくなりそうなくらいだよ」

彼の、そんなストイックなところが好き。麻美は、笑いながら話す安田を見てそう思った。

思い込みとは恐ろしい。まだ信じられない。あんなに近くにいたのに、気づかなかった。透明な水玉が、光りながら麻美の頬を伝い落ちた。

ああ、何てことだろう。女神がいきなり舞い降りてきた。女神はなんて気まぐれなんだ。人間、ほしいほしいと願っているときは、何も手に入らない。

でも、そういう欲を自ら断ち切ったときに、女神はすっと、向こうからやってくる。気まぐれで帰ってくるのが女神なのかもしれない。

真っ白だったキャンバスが一枚の絵に変わる。それは春の光の中、彼と肩を並べて四つ葉を探す、自分の後ろ姿。

もちろん返事はイエス。イエスだ。でも……。

麻美は目をつぶって、天を仰いだ。

「……あの、安田さん、ひとつだけ、私のお願い、……聞いてくれますか?」

「うん。もちろんだよ。何?」

彼の力強い声。大丈夫だ。いまなら言える。いまこの瞬間ならすべてを打ち明けられる。言うのはいまだ。この追い風に乗って、きっと女神も、微笑んでくれるにちがいない。何もかもがうまくいきそうな気がしてきた。

ゆっくりと霞んだ眼を開けた。
夕焼けの、ひしめくビルの谷間に、ひとつの小さな雲が横たわっている。
麻美の眼には、それが矢を射る天使に見えた。

巻末エッセイ

まだ、大学生だった頃のある日、

「ねぇ、いまから嵐山に行ってみない？　きっと、もっと気持ちいいよ」

彼女は、春のやわらかな木漏れ日を浴びながら言った。

キャンパスの中庭の奥まったところには、木が生い茂った林のような、ちょうどいい場所があって、朝の一講目を終えた僕と彼女は、その中にあるベンチに座っていた。

親元を離れ、彼女と暮らしはじめ、何もかもが輝いていた日々。

僕も両足を投げ出して、木漏れ日を仰ぎ見た。

「……そうだな。次の講義はお互い三講目だしな。二講目と昼休みを合わせると、まだ二時間以上もある。よし、行ってみよっか」

嵐山までなら往復しても一時間はかからない。赤と白の、二台のスクーターは、こっそりとキャンパスを抜け出して、春風を切りながら、さらに京の西へと向かった。

桂川の川沿いの道を気持ちよく走って、渡月橋が見えてくると、予想通り、橋の上はバスや観光客で溢れかえっていたので、僕たちはそのずいぶん手前でエンジンを切った。

午前の光はまだ限りなく透明で、川は、雪の結晶が跳ねるようにきらきらと反射している。色とりどりの花が斜面を飾る土手を、ふたりは手をつないで、一気に駆け下りた。

「よし、ここにしよう」

草むらにハンカチを二枚並べて敷き、僕たちは、まだ眠そうにしている水鳥たちに気を配りながら、静かに腰をおろした。

言葉を交わすばかりが会話ではない。まさにそんな感じで、風光にたゆたう水面には、杞憂の欠片すら見つけることはできない。川の水が立てる音に耳を傾けているだけで、心が通じ合えた。

彼女はしばらくすると鞄に手を伸ばし、読みかけだった小説を広げて、それに視線を落としはじめた。煙草を青青と煙に変えて、やることがなくなった僕は、おもむろに横たわり、彼女のやわらかい太腿を枕にして目を閉じた。

ああ気持ちいい。

さらさら流れる川の音は、何とも心地よい響き。

湿った土の匂い、青い草の匂い。降り注ぐ光はあたたかい。

ああ、この一瞬が、永遠に続けばいい。

小説をひさしにして、僕は眠るように心をたゆたわせる。

何年経っても、何十年経っても、いつかきっと、この何気ない過去の一日を、ふと思い出すこともあるだろうな、などと思いながら。


ぼんやりした意識から醒めたのは、閉じたまぶたが急に赤くなったから。

小説が閉じられ、ひさしがなくなってしまった僕の顔に、眩しい光が当たった。

リュウ君。

光に混ざるようにして、天から声が降った。頭の下のひざ枕が、微かに揺れた。

「ほら、……見て、リュウ君」

「ん？　………」

眩しさに目をそばめながらも、僕は手のひらを額に当てて、ゆっくりゆっくり少しずつ、時間をかけてまぶたを開けた。

見えたものは、青い空の光を通過させた、四枚の緑の葉。

その鮮やかに発色する緑の色は、とても言葉にはできないほどの透明感を伴っていた。

「たまたま足元に、偶然あってさ。でも、高一のとき以来だな。四つ葉のクローバーなんて見つけたの」

豊かにふくらんだ乳房の向こうから、彼女が笑ってこちらを見ていた。


もう読み終わったからあげると言って、あのとき彼女がくれた太宰治の「人間失格」は、タイトルがタイトルなだけに、なんだか取っつきにくくて、実は、ずっと読んでいなかった。開いてもいない。

去年の春、本棚の一番奥の隅っこで、久々にそれを見つけた。懐かしさにぱらぱら捲ってみると、その黄ばんだ一ページ一ページに、改めて歳月の厚みが感じられた。

きっといまも、彼女は幸せなんだろうな。

あるページで親指が止まって、あの日が鮮明に蘇ってきた。

僕は、押し葉になった四つ葉のクローバーを指先に持って、そっと窓際の光に透かしてみた。

ドラマは「ドラマの世界」に入って見ないとおもしろくない。

もちろんそうだと思う。感情移入しなければ、虚構の世界は楽しめない。

けれども、誰だって、一度や二度、創作の世界をはるかに超える体験をしているのではないだろうか。

そんなこと一度もない、と言う人がいたとしたら、それは「自分自身」という主人公に感情移入していないからかもしれない。

足元の草むらで、ふと偶然見つけた、四つ葉のクローバー。

それは赤ちゃんの手のひらにものるほどの、小さな四枚の葉。

見つけて、ちぎって、押し葉にしたところで、それ自体には、何の力もない。だけど、世の中、何事も自分から否定したらすべて終わり。終わってしまう。

人間のタイプは二つに分かれるかもしれない。四つ葉を見て、「幸運が潜んでいる」と象徴的に扱う人、「ばかばかしい」などと、ぞんざいに扱う人。もちろん、この四つ葉をどのようにとらえようと、その人の自由なのだが、ただ、その「思い方の差」には、砂糖と塩、いや、ひょっとして、生と死、ほどの差があるのかもしれない。

確かに、何かと陰鬱で暗い世の中。けれども、思い方次第で、人は変わる。ひとつの会話、ひとつのしぐさ、ひとつの行動、それらでそれからの展開はいくらでも変わってくる。

歩き方や話し方、服装、ふとした身のこなし、その意識は、その人の「思考そのもの」を映し出していると言えるだろうし、それらの一つひとつが、感情の波となって、その人の「運命」をつくっていくのだと思う。絵空事こそすべての始まり、生、であり、現実はそこから生まれてくる。

身体を常に陽の光に向けさえすれば、前途に落ちる影はない。


さて、最後になりましたが、この本を手にしてくださったこと、この物語を終わりまで読んでくださったことに、心からお礼申し上げます。

また、それとともに、もしあなたがいま、恋や愛の前で静かにたたずんでいるのであれば、どうか臆することなく、あと一歩、いや半歩だけでも、足を前に踏み出してほしいと願います。なぜなら、そのときこそが「女神の足音」の、真のドラマのはじまりであり、この物語を本当の意味で完成してくださることになるのだから。

ドラマは自分でつくるもの、そう思いませんか?

著者プロフィール

星野 龍一（ほしの りゅういち）

1965年生まれ。名古屋市出身。
東海高校卒業。
京都外国語大学卒業。文芸部所属。
現在は、日本、上海を拠点にして
ファッション業界に身を置く傍ら、文筆活動も展開中。

女神の足音

2005年2月15日　初版第1刷発行

著　者　星野 龍一
発行者　瓜谷 綱延
発行所　株式会社文芸社
〒160-0022　東京都新宿区新宿1－10－1
電話　03-5369-3060（編集）
03-5369-2299（販売）

印刷所　株式会社平河工業社

ISBN4-8355-8638-7